LA REINE NUE

ISBN 978-2-7427-6660-4

Illustration de couverture :
Amedeo Modigliani,
Portrait de Jeanne Huberterne (détail), 1918

ANNE BRAGANCE

LA REINE NUE

roman

BABEL

A Georges Brézout, in memoriam *:*
Cher père, nous rêvions, nous rêvions,
nous rêvions…

PREMIERS TROUBLES

DEPUIS quelques semaines déjà, Giulietta Padovani présentait des dérèglements bénins, tels que nous en connaissons tous et que, tantôt par commodité, tantôt par ignorance, nous imputons à la fatigue ou à la distraction. Par exemple, elle s'apprêtait à sortir, habillée de pied en cap, et soudain faisait volte-face, revenait chercher son chapeau ou son sac à main. Lorsque l'un ou l'autre de ses proches lui signalait qu'elle portait son chapeau sur la tête ou que son sac était bel et bien accroché à son épaule, elle s'esclaffait, se moquait d'elle-même et, sur une pirouette verbale, finissait par partir pour de bon.

Il lui arrivait aussi d'interrompre un geste, de s'arrêter alors qu'elle accomplissait une action courante – aller chercher le courrier, choisir une robe dans sa penderie – et elle restait là, perdue au milieu du sentier qui menait à la boîte aux lettres, perplexe devant sa penderie béante, ne sachant plus au juste pourquoi elle venait de l'ouvrir.

Les enfants Padovani n'en étaient pas encore à s'alarmer de ces petites absences ou pannes de conscience car, après coup, Giulietta ne manquait jamais d'en plaisanter avec eux. Ils les mettaient sur le compte du surmenage – elle travaillait encore beaucoup à l'époque – et ne s'en inquiétaient pas outre mesure. Il était inimaginable, il était impossible de concevoir qu'une femme de tête telle que leur mère puisse, justement, perdre la tête.

Néanmoins, une ère de perplexité douloureuse s'installa à La Villa le jour où Giulietta Padovani annonça qu'elle mettait en vente ses souvenirs. On pensa d'abord qu'elle souhaitait se défaire de certains objets, de meubles qu'elle jugeait par trop encombrants ou inutiles, peut-être même de ses manuscrits qu'elle avait toujours conservés jalousement. Mais dans l'idée de Giulietta, il ne s'agissait pas de mettre à l'encan des pièces de son mobilier ou les babioles qu'elle avait accumulées tout au long de son existence. Il n'était nullement question de vendre des objets concrets, tangibles,

les enfants Padovani eurent tôt fait de le comprendre et, quand ils le comprirent, ils en restèrent atterrés. Giulietta prétendait monnayer ses souvenirs, débiter son passé en tranches et le livrer à quiconque serait prêt à payer pour l'écouter. Sans en mesurer encore la gravité, ils ne pouvaient plus se dissimuler l'atteinte du mal et durent admettre qu'il s'agissait là d'un signe patent du dérangement de l'esprit de leur mère.

Jusqu'alors, Giulietta Padovani ne s'était jamais montrée vénale, et moins encore âpre au gain. L'argent n'était pour elle qu'une denrée accessoire et aimable, susceptible d'agrémenter l'existence et de procurer du plaisir. C'était une femme généreuse, parfois même dispendieuse, qui avait toujours dépensé sans compter pour ceux qu'elle chérissait. Et voilà qu'elle voulait dorénavant les faire payer chaque fois qu'elle évoquerait devant eux un épisode de son passé.

Les enfants Padovani étaient sept, comme les péchés capitaux, précisait Giulietta du temps où elle les promenait "gratuitement" dans les allées bien ordonnées de sa mémoire. Ils étaient nés à douze mois d'intervalle et alors que Julius, l'aîné, était aujourd'hui âgé de quarante-cinq ans, on venait de fêter le trente-huitième anniversaire de Loretta, la benjamine. Giulietta avait coutume de qualifier l'époque lointaine de cette procréation effrénée et si bien orchestrée de "période de création charnelle". Elle s'était arrangée en sorte de ne pas rester encombrée des hommes qui avaient collaboré à son entreprise maternelle. Elle en dénombrait trois : le premier, un GI, l'avait enlevée au séjour béni de Naples alors qu'elle avait vingt-cinq ans, pour l'emmener vivre dans le Wisconsin : c'est là qu'étaient nés Julius et Antoine. Quand Giulietta en eut assez de la neige, du froid et du mauvais café américain, elle retraversa l'Atlantique avec ses marmots et s'installa à Paris où elle mit au monde ses deux autres garçons. On se doute que le père de ceux-là était français. Puis titillée sans doute par la nostalgie, elle regagna le pays natal et prit ses quartiers à Rome où naquirent ses trois filles. Le père était, cette fois, un Italien. Mais la qualité, voire l'identité des géniteurs étaient données accessoires aux yeux de Giulietta car elle considérait que tous les hommes étaient interchangeables et se valaient. Ses sept enfants portaient son nom et seulement son nom : elle en tirait beaucoup de fierté.

Giulietta Padovani avouait volontiers avoir mis un terme à sa période de création charnelle un beau matin, une fois commis ses sept péchés, pour se lancer dans sa période de création littéraire.

Elle conduisit son travail de romancière avec une égale pugnacité et soumit ses neurones à cette stupéfiante régularité qu'elle avait naguère imposée à ses entrailles. A la plus grande satisfaction de son éditeur et de son public – car elle était ce qu'on appelle un auteur à succès –, elle produisit et publia un livre tous les deux ans pendant presque un demi-siècle. Mais le flux créatif venait de s'interrompre brutalement et tout le monde s'interrogeait. Que se passait-il donc ? L'inspiration de la romancière était-elle momentanément tarie ? On spécula ainsi un certain temps sur un retour à la normale et la reprise de ses activités par Giulietta, mais on dut bientôt abandonner tout espoir. Bien qu'elle refusât d'aborder le sujet, il était devenu évident que Giulietta Padovani jamais plus n'écrirait, jamais plus ne publierait. En avait-elle décidé ainsi sciemment, pour désobliger son monde, lui faire la nique une fois encore ? Ou était-elle vraiment frappée d'incapacité ? Les supputations allaient bon train mais nul n'osait se prononcer sur ce point. C'est alors qu'elle fit part à son entourage de son intention de vendre ses souvenirs.

D'une famille si peu orthodoxe, Giulietta avait réussi à faire une tribu qu'unissaient des liens très étroits et au sein de laquelle régnait une parfaite concorde. Les frères et les sœurs vivaient dans un rayon de trente kilomètres autour d'un centre que figurait la villa de leur mère. Ils ne s'étaient jamais quittés, se voyaient très souvent et se verraient plus souvent encore quand deviendraient manifestes les troubles mentaux de Giulietta.

Ce fut Julius qui, le premier, suggéra de prendre conseil auprès d'un médecin spécialisé. Mais spécialisé en quoi ? Gériatrie ? Psychiatrie ? Ils ne savaient trop.

Et puis n'était-il pas prématuré de mettre un étranger dans la confidence, de lui exposer les conduites aberrantes de leur mère qui était, après tout, un personnage public, une célèbre romancière ? Il leur était difficile de trancher, de prendre une décision. Ils se souvenaient ensemble que Giulietta s'était toujours montrée originale et fantasque : on pouvait donc considérer que sa dernière fantaisie entrait dans le droit fil de son caractère.

Ils se consultèrent et ergotèrent ainsi pendant plusieurs semaines avant de se résoudre à consulter un neuropsychiatre. C'est Frédéric qui se chargea de cette démarche dont il revint consterné, bouleversé. Mis au fait du comportement nouveau de Giulietta Padovani, l'homme de science avait émis avec précaution l'hypothèse qu'il pouvait s'agir des premiers symptômes d'une démence sénile. Toutefois, il ne serait en mesure de délivrer un diagnostic valable qu'après avoir examiné l'intéressée, quand celle-ci aurait été soumise à toute une batterie de tests et d'évaluations. Jusque-là, il préconisait de ne pas la contrarier et, dans la mesure du possible, de satisfaire à tous ses caprices.

Les enfants Padovani avaient toujours fait les quatre volontés de leur mère, il leur était donc facile de suivre cette prescription.

C'est ainsi que commença à s'instituer dans le bureau-bibliothèque de Giulietta Padovani un rituel des plus étranges. Chaque après-midi, elle se tenait là dans son fauteuil favori, maquillée, pomponnée, et elle attendait ses visiteurs. Ceux-là pouvaient être des parents plus ou moins éloignés, des amis de vieille ou de fraîche date, ou encore des voisins. Avant de les introduire auprès de la maîtresse de maison, on leur dressait un bref état de la situation, on les préparait en quelque sorte à affronter la nouvelle Giulietta. Il restait alors à accomplir une dernière formalité, la plus délicate : il fallait s'assurer qu'ils avaient sur eux quelque argent et, le cas échéant, les en pourvoir. Car, sur la colonne d'albâtre qui se dressait à la droite de Giulietta, on avait placé à sa demande une sorte de sébile où les "acquéreurs de souvenirs" étaient invités à déposer leurs billets. Giulietta n'avait pas établi de tarif, chacun pouvait laisser là ce qu'il voulait mais, peu ou prou, il devait payer.

Les souvenirs que Giulietta piochait dans sa mémoire étaient disparates et d'inégale valeur. Ils pouvaient se révéler intéressants, passionnants ou, au contraire, d'une banalité consternante. Dans ce cas, si celui qui se trouvait là, fatigué d'entendre des inepties, montrait quelque velléité de prendre congé et amorçait un mouvement de repli, Giulietta, affolée et quelquefois furieuse, s'accrochait à son bras, le sommait ou le suppliait de rester jusqu'au bout de son récit. Elle finit ainsi par décourager les plus dévoués et les plus complaisants de ses visiteurs.

Bien sûr, les fils et les filles Padovani veillaient à ce que les oboles abandonnées dans la sébile fussent restituées sans tarder à ceux qui les avaient versées. Giulietta ne s'en offusquait pas ; jamais elle ne protesta contre cette pratique. Au plus fort de son désir mercantile, elle demeurait telle qu'elle avait toujours été : une femme que l'argent n'intéressait guère.

Bien sûr, les visites de l'après-midi se raréfièrent peu à peu, puis cessèrent tout à fait. Seuls les enfants de la vieille romancière continuaient à venir s'asseoir près de leur mère pour l'écouter divaguer. Car son propos devenait de plus en plus décousu, elle ne proposait à l'auditeur que des bouts de réminiscences informes et incompréhensibles, des guenilles de souvenirs.

TOUR DE GARDE

Quelques mois ont passé au cours desquels l'état mental de Giulietta n'a fait qu'empirer. A présent, il est devenu impossible de la laisser seule, livrée à elle-même, et ses enfants ont pris toutes les dispositions afin qu'elle ne le soit jamais. Chacun a dû s'organiser, réaménager sa vie professionnelle en sorte de pouvoir assurer à son tour la garde de Giulietta. Jour après jour, ils se succèdent auprès d'elle, ils pourvoient à son bien-être et à ses distractions : ils jouent avec elle, ils dansent avec elle, ils cuisinent avec elle. Ils sont sept que la piété filiale a rendus polyvalents et dont le dévouement ne connaît pas de limites. Ils sont sept, cela tombe bien, ils peuvent assurer une semaine de garde diurne à eux seuls. La nuit, Giulietta est confiée à une infirmière qu'ils ont engagée.

On sait, tant elle le répète, que Giulietta a longtemps adoré son facteur et détesté ses pieds. A une époque où son discours conservait encore quelque cohérence et où elle pouvait définir la nature de ses sentiments, s'en expliquer, elle racontait volontiers que son facteur, dans un esprit de dérision ou simplement par affection, l'appelait Shakespeare. Cette impertinence renouvelée jour après jour la ravissait. Elle disait aussi que ses pieds l'avaient trahie, un jour de ramadan, dans une mosquée de Bagdad, mais elle n'a jamais consenti à en dire davantage sur le sujet.

La vie qui s'écoule à petit bruit a fini par séparer Giulietta de son facteur – l'homme est parti à la retraite –, mais non de ses maudits pieds qu'elle conspue toujours avec la même hargne.

Ses enfants, qui continuent d'ignorer ce qui s'est passé à Bagdad, ont d'abord cru qu'elle en avait contre ses chaussures, ce en quoi ils se trompaient, ils en ont acquis la certitude. Car ils ont tout essayé, les mules, les pantoufles, les escarpins, les mocassins, les ballerines et même les tennis. Quelles que soient leur forme, leur couleur, leur matière, il arrive toujours un moment où Giulietta est prise du besoin irrépressible d'ôter ses chaussures pour les jeter au plus loin d'elle.

Quand elle s'en débarrasse et les envoie valdinguer à l'autre bout de la pièce, un étrange intermède commence. Giulietta Padovani voue à ses pieds une haine têtue, féroce, inexplicable, à présent la chose est claire et avérée. Julius, l'aîné des enfants, qui est en charge de sa mère aujourd'hui, sait très exactement ce qui va suivre, il connaît l'inévitable enchaînement des gestes de Giulietta, il les redoute mais se prépare à faire face. Sitôt que ses pieds se trouveront déchaussés et que ses orteils pourront jouer librement, la vieille femme va se pencher vers eux et, dans un murmure furibond, elle se mettra à les vilipender, elle passera cinq bonnes minutes à les insulter d'abondance. Elle s'adresse toujours à ses pieds comme s'il s'agissait d'êtres vivants, dotés de la faculté d'entendement, coupables d'on ne sait trop quelle infamie et capables de réagir à ses invectives. Le plus curieux est qu'elle leur parle en napolitain, dialecte de son enfance qu'elle n'utilise plus que dans cette circonstance, lorsqu'elle est occupée à rudoyer les extrémités de sa personne.

Julius se tient assis à quelques mètres, abrité derrière un journal déployé, et affecte d'ignorer la diatribe napolitaine. Il sait que ce coup de gueule marque le début d'une scène qui, pour se répéter presque quotidiennement, n'en est pas moins insupportable et qu'il devra néanmoins la supporter avec toute la patience et le calme nécessaires. Il sait que le pire est encore à venir et que le moment approche où Giulietta va mettre sa pudeur de fils à mal.

Dans un instant, elle va se redresser, le souffle court, le visage congestionné par la posture qu'elle vient de tenir, peut-être aussi par sa fureur – Bagdad, que s'est-il donc passé à Bagdad ? –, elle va se lever et entreprendre de se déshabiller. Elle le fera sans grâce, avec une hâte brouillonne et la maladresse d'un enfant de trois ans : de ses doigts nerveux, elle tiraillera sur ses vêtements, s'impatientera parce qu'ils lui résistent, arrachera quelques boutons et poussera un cri de triomphe quand, enfin, elle aura réussi à se mettre nue.

Julius Padovani a fermé les yeux. Il se demande si ses frères et sœurs qui se relaient jour après jour auprès de la mère malade souffrent des mêmes affres que lui face à ce strip-tease affligeant et grotesque. Le fils s'autorise à fermer les yeux, il sait trop ce qu'il ne veut pas voir, ce qu'il verra dès qu'il les ouvrira.

Il les ouvre cependant car il faut surveiller Giulietta, se tenir prêt à intervenir pour prévenir tout incident, l'empêcher de se blesser, de tomber, bref, la protéger d'elle-même.

Après le cri, elle s'est mise à arpenter la pièce et il voit ses seins flasques qui ballottent sur son torse maigre, il voit ce corps décharné, pitoyable, évoluer devant lui et, sans raison apparente, pivoter sur lui-même, changer de direction, revenir sur ses pas. Il arrive que Giulietta se cogne à une chaise, à un angle de la table, et chaque fois elle peste contre ces obstacles qui gênent sa déambulation. Julius, immobile, les muscles tétanisés, mais prêt à s'élancer, à se porter à son secours, la suit des yeux. Bientôt, il le sait d'expérience, elle se lassera, elle ira se poser dans son fauteuil et y demeurera, absente, prostrée.

C'est alors qu'il faut entrer en scène et, avec précaution, avec douceur, procéder à la séance de rhabillage. D'abord, Julius s'emploie à ramasser les vêtements dispersés au hasard, les pièces de lingerie qui jonchent le sol. Puis il sollicite la coopération de la malade, il l'exhorte gentiment à lever une jambe, puis l'autre, à écarter les bras, à redresser la tête. La plupart du temps, elle se prête à cet exercice avec une remarquable docilité. Lorsque la vieille femme est à nouveau habillée, Julius va chercher les mocassins de cuir souple à l'autre extrémité de la pièce et les lui enfile. C'est l'instant délicat car il arrive que Giulietta proteste, se débatte, décoche de violents coups de pied à celui qui prétend la rechausser. Mais aujourd'hui, elle se laisse faire, l'opération semble devoir se passer sans dommage. Ce constat soulage Julius qui demeure agenouillé sur le tapis, devant sa mère. Elle le considère d'un air curieux et après un petit temps de cet examen lui demande soudain :

— C'est quoi que tu fais dans la vie, monsieur ?

Quelques mois plus tôt, l'aîné des fils Padovani se serait sans doute offusqué de ce que sa propre mère lui donnât du monsieur. Mais à présent, à l'instar de ses frères et sœurs, il se dit que toutes ces bizarreries sont imputables au grand âge, à ce cerveau délabré, là, dans la vieille tête chenue, et qu'il se doit de les endurer avec tolérance, voire avec compassion. La mère entretient avec ses pieds un contentieux dont on ignore la cause et sa mémoire en charpie ne lui permet que rarement de se souvenir qu'elle a procréé. Le plus souvent, elle traite ses enfants comme de parfaits inconnus.

Lorsque Julius s'est présenté une heure plus tôt pour remplacer la garde de nuit, celle-ci lui a désigné la table dressée pour cinq et a accompagné son geste d'une explication navrée. Mme Padovani a affirmé qu'elle attendait quatre journalistes à déjeuner et ordonné que la table soit préparée sans délai. Julius a hoché la tête et remercié l'infirmière d'avoir accédé au désir de la malade. Il y a des années que Giulietta Padovani n'a rien publié et que les journalistes ont cessé de s'intéresser à elle mais il n'est pas question de la contrarier, il faut prendre en compte ses lubies et, autant que possible, jouer le jeu.

La vieille, têtue, vient de répéter sa question :

— C'est quoi que tu fais dans la vie, monsieur ?

Cette fois, il répond :

— Je donne des avis.

— Donner des avis, ce n'est pas un métier, monsieur, si tu veux mon avis.

Elle a un petit sourire : son humour ne souffre pas de sa débâcle mentale et elle est encore capable de s'en amuser, note Julius.

Il soupire. Il sait d'expérience que la conversation risque de prendre une tournure des plus loufoques et que les heures suivantes seront exténuantes. Il va falloir veiller sur la mère, la garder à l'œil en sorte qu'elle ne puisse sortir ou se livrer à de nouvelles excentricités, s'assurer qu'elle s'alimente correctement et se prêter au moindre de ses caprices.

La veille, c'était au tour d'Antoine de se trouver là. La mère a exigé qu'il la fournisse en papier, une rame entière de papier : soudain, une bouffée de sa gloire littéraire passée lui revenait et elle prétendait se remettre à écrire. Quelques feuillets qui témoignent de cette velléité gisent là, encore éparpillés sur la table basse. Julius ne peut résister à la tentation : il se saisit de l'un d'entre eux et le parcourt rapidement des yeux. Des mots ou des groupes de mots qui ne parviennent pas à former sens ont été jetés pêle-mêle sur le papier. La page donne une pénible impression de chaos, ce qui n'est pas pour étonner Julius : désormais, celle qui fut la célèbre Giulietta Padovani, celle que les critiques encensaient et tenaient pour l'une des meilleures plumes du pays, ne peut plus produire que du texte mité qui reflète la déroute de son esprit malade.

— Tu ne lis pas mes choses, monsieur, c'est défendu, croasse soudain la vieille femme qui a surpris Julius en flagrant délit d'indiscrétion.

Julius, confus, repose le feuillet sur la table et bafouille de vagues excuses.

— Donner des avis, tu sais, mon fils, mais donner à boire à ta mère qui a soif, tu ne fais pas.

Le cœur de Julius s'est mis à cogner dans sa poitrine. Quel idiot je suis, pense-t-il. Mais les moments où elle l'appelle "mon fils" sont devenus si rares. Et si courts. Dans un instant, un nouveau "monsieur" le remettra à distance, le catapultera derechef dans la catégorie des étrangers. Son cœur a sauté de joie, il n'y peut rien, et lui-même vient de sauter sur ses pieds pour se précipiter vers la cuisine.

— Une minute, maman, je t'apporte à boire.

Il est de retour avec la bouteille, le verre qu'il remplit avant de le tendre à sa mère.

Elle boit goulûment, laisse tomber le verre sur le tapis, Julius remarque qu'elle s'est mise à frissonner.

— Tu ne trouves pas qu'il commence à faire froid ? Demain, nous aurons la neige, c'est sûr.

Julius ne bronche pas. On est en plein mois d'août, les volets sont fermés contre la chaleur mais elle est repartie loin en arrière, loin dans le temps, dans un rêve blanc de son passé.

— Et si on allait dehors, monsieur ? Mais d'abord, va me chercher une carotte. Il faut un nez pour le bonhomme de neige que tu vas m'aider à construire, pas vrai ? On lui mettra une carotte, va me la chercher... Allons, dépêche-toi, qu'est-ce que tu attends ?

Julius devine qu'elle est sur le point de se fâcher, de tempêter, aussi se lève-t-il pour aller chercher une carotte dans le bac à légumes du réfrigérateur. Lorsqu'il revient, il découvre Giulietta debout contre la vitre de la fenêtre qui donne sur le jardin. Elle chantonne *"Silent night, holy night"*, cet air qu'elle leur apprenait dans leur petite enfance. Puis, dans un geste enfantin, elle applaudit sa propre performance, tourne vers Julius un visage radieux et lui demande :

— Et si on allait faire une bataille de boules de neige... Qu'est-ce que tu en penses, monsieur ?

A l'évidence, la carotte est devenue inutile, elle l'a déjà oubliée. Mais dans ce jardin à demi calciné par l'été torride, elle "voit" vraiment de la neige. Et elle insiste :

— On pourrait sortir, non ? Au lieu de rester ici à s'ennuyer, on s'amuserait dans la neige... Regarde comme c'est beau, comme c'est blanc... Non ? Tu ne veux pas ? Tu n'es pas bien drôle, tu sais, monsieur...

Comme son interlocuteur ne réagit pas, la vieille femme se laisse tomber dans un fauteuil, elle prend un air affligé et se met à pleurer avec une certaine ostentation. Mais elle ne réussit qu'un simulacre grossier de déception ou de chagrin : elle tient ses mains plaquées sur ses yeux et de temps à autre les écarte légèrement, sans doute pour observer l'effet que ses larmes produisent sur Julius. Lui, toujours impassible, attend qu'elle se lasse de cette comédie et oublie son désir de neige.

— Tu ne veux pas ? Tu n'es pas gentil, monsieur. Mais je t'avertis, vous m'empêcherez pas, toi et les autres qui défilent ici, qui me gardent prisonnière, vous empêcherez rien : un jour, je m'échapperai et j'irai me rouler nue dans la neige.

GIULIETTA

Je dis et je répète au monsieur ou à la dame qui est là... pour moi, pas besoin de vous casser la tête... une poignée de pâtes dans l'eau bouillante, ça me suffira. S'il vous plaît... pardon... merci... ajoutez de la sauce tomate, un peu de parmesan... pour me régaler. Une assiettée de pâtes... tout ce que je demande. Mais ils font la sourde oreille... des pâtes tous les jours... pas question. Ils veulent que je mange ce qu'ils veulent que je mange... Ce qui est bon pour ma santé... des légumes, des fruits, du poisson. Je n'aime pas le poisson... ça pue... et les légumes... rien à voir avec les pâtes.

Des fois, je veux manger ces choses... j'ai oublié le nom, ça sort du cul des poules... on casse la coquille sur le bord de la poêle... c'est jaune au milieu avec du blanc autour... tu mets un peu de sel et de poivre, c'est facile, c'est délicieux... moi, j'adore. Je dis que je veux ça... des frits... mais ils ne comprennent pas, ils ne m'en servent jamais. Pourquoi ? Je réfléchis... On croit que je ne peux pas réfléchir, mais on se trompe... je réfléchis. Peut-être qu'il n'y a plus de frits qui sortent du cul des poules... Peut-être même qu'il n'y a plus de poules... Je ne sais pas. Alors, je demande encore... je crie... et ils ne comprennent pas les cris.

Il y a aussi les gâ... j'ai très envie de gâ... mais on ne m'en donne jamais. Ma mère les fait avec de la farine, du sucre, du vin blanc... après elle les met à cuire dans le four... ça sent bon partout dans la maison. Je voudrais que ma mère en cuise encore pour moi. Je les supplie d'aller la voir... de lui demander plein de gâ... pour sa petite fille. Mais ils secouent la tête... ils prennent un drôle d'air... moi, je m'énerve beaucoup parce qu'ils ne comprennent pas... Ils ne veulent pas me faire plaisir, ils ne veulent pas m'apporter des gâ... Pourquoi ?

démence sénile ont été observés chez Giulietta, ses enfants se sont mobilisés autour d'elle comme un seul homme. Tout ce qui les occupait jusqu'alors, leur travail, leur couple, leurs enfants, tout est passé à l'arrière-plan. Aucun n'a failli envers la mère et tous lui ont sacrifié ce qui n'était pas elle. Pourtant, les psychothérapeutes et les médecins les avaient mis en garde : ils devaient se préserver, tâcher de rester en prise sur la vie normale, ne pas se laisser engloutir dans la maladie de leur mère. Loretta, tout comme ses frères et sœurs, a fait fi de ces conseils, elle n'a pas su prendre la juste conscience du danger. Ses sentiments filiaux ont mis son amour en veilleuse, elle a permis à la fille de supplanter la femme et l'épouse. Peu à peu, elle a pris le pli de rentrer tard chez elle, de plus en plus tard. Après le bureau, elle éprouvait le besoin impérieux de passer à La Villa pour voir Giulietta. Rien d'autre, si ce n'est son désir ou son inquiétude, ne justifiait ces visites quotidiennes puisque, chaque fois, elle trouvait l'un de ses frères ou sœurs auprès de la malade. Comme eux, elle effectuait chaque semaine son tour de garde. Mais c'était plus fort qu'elle, il lui fallait tous les jours passer un moment avec sa mère, la contempler, s'assurer de sa présence. Et elle s'attardait à La Villa, elle s'attardait tellement que lorsque Manuel arrivait chez eux, il trouvait la maison vide. Le dîner n'était pas préparé, elle négligeait les tâches ménagères, ne repassait plus ses chemises et, très vite, il a commencé de le lui reprocher. Mais elle n'a pas compris à temps, Loretta. Elle était tournée vers sa mère comme vers un soleil mort dont elle attendait qu'il se remît à briller, à la réchauffer. Ainsi, pendant des mois, elle a déserté son foyer, elle a laissé le champ libre et l'autre femme a eu tout le loisir d'entrer dans la danse, de prendre la place. A qui la faute ? Parfois, elle pense qu'elle est la seule coupable, qu'elle a péché par aveuglement, par bêtise, par excès de confiance. Mais certains jours, et ils sont de plus en plus fréquents, elle se dit que toute la faute en revient à sa mère. Si Giulietta Padovani n'avait pas rendu ses enfants esclaves de son amour si possessif, s'ils avaient su se soustraire à son joug, s'éloigner d'elle et se tenir à une distance raisonnable, ils auraient peut-être mieux vécu l'épreuve qu'ils traversent en ce moment. Ils l'auraient vécue autrement, en adultes responsables, sans permettre au malheur de léser leurs existences.

Tel est le point où vient d'aboutir la réflexion de Loretta. Elle en a terriblement honte. Elle a surtout peur de la pousser plus loin encore, de se dire que seule la mort de Giulietta la délivrerait, les délivrerait tous. Comment a-t-elle pu laisser s'introduire en elle, se former en elle des pensées aussi affreuses, aussi indignes ? Si les autres savaient, s'ils pouvaient se douter qu'elle, Loretta, la petite, la très chérie, appelle de ses vœux la fin de leur mère, l'espère comme une délivrance, ils seraient épouvantés, ils la renieraient, ils iraient jusqu'à la bannir du clan et ils auraient raison. Elle-même se fait horreur. Alors, elle pleure, Loretta, et son maquillage se remet à couler.

Les mauvaises pensées se diluent dans les pleurs, elles s'écoulent avec le fard. Mais elles ont tôt fait de revenir, plus sournoises, plus structurées, plus virulentes. Dans sa tête, Loretta se met à dresser le procès de sa mère. Si Julius a divorcé il y a quelques années, c'est à cause de Giulietta, sous l'influence néfaste de Giulietta. Elle a toujours exercé un pouvoir exorbitant sur l'âme de Julius. En outre, elle détestait sa belle-fille, la jalousait. Quelques mois de manigances et d'insinuations perfides lui ont suffi pour accomplir son travail de sape et obtenir gain de cause le couple a fini par se séparer.

Ne voient-ils pas cela, ses frères, ses sœurs ? Ne voient-ils pas que leur mère les a tous ferrés dès l'enfance et que, même malade et déchue comme elle l'est aujourd'hui, elle continue à les tenir sous son emprise ?

Et leurs pères qu'ils n'ont pas connus, dont ils ignorent l'identité, dont ils ne savent pas même s'ils sont vivants ou morts ? Giulietta a toujours éludé les questions, elle a nié l'existence de ces hommes, elle les a escamotés comme une illusionniste. Insoucieuse du qu'en-dira-t-on, elle a bravé l'opinion, elle s'est fait une gloire de donner son nom à ses enfants, de les élever seule. Et eux jamais ne se sont révoltés, jamais ils n'ont voulu admettre qu'ils vivaient dans sa sujétion et qu'ils étaient manipulés comme des pions.

Et La Villa où Giulietta les attire, les piège depuis des décennies au point qu'ils en oublient leur propre foyer ? Ne comprennent-ils pas qu'elle l'a voulue vaste et luxueuse afin qu'ils se sentent chez eux, qu'ils se croient chez eux ?

Mais peut-être ont-ils raison de se voiler la face, se dit Loretta. A quoi bon la lucidité qui amène au jour les pensées implacables, si douloureuses ?

Comment tuer les pensées qui nous viennent, qui nous écartèlent, qui nous tuent ?

GIULIETTA

Voilà, voilà… dou… dou… doucement… c'est beau, les mots, c'est beau l'histoire… cette histoire qu'il me raconte. Je la connais, je la connais… Je colle mon oreille au passé, j'écoute… C'est difficile d'écouter tout le temps… La voix parle de gens que je connais… J'ai envie de faire pipi mais la voix du monsieur ne s'arrête pas… La voix ne s'arrête pas, alors le pipi sort… je ne peux pas arrêter la voix, ni le pipi… Il coule, il mouille le fauteuil… mes jambes, mes habits, mes souliers sont mouillés… ça fait une flaque de pipi mouillé à mes pieds, ça fait un petit bruit, alors le monsieur s'arrête de lire… il ne lit plus… il me regarde…

La petite dame met les livres à côté de moi… elle pose des livres, encore des livres… ça monte, ça monte, c'est trop… alors je me penche, je les pousse fort et ils tombent, patatras… ils tombent tous sur le tapis. La petite dame n'est pas contente… elle me gronde… elle dit que je ne suis pas gentille. Elle commence à ramasser les livres… elle est à quatre pattes devant moi… alors je lui donne un bon coup de pied et patatras… elle tombe sur les livres… Je ris, je ris beaucoup… c'est trop drôle. La petite dame ne veut pas rire avec moi, elle est fâchée… elle ne ramasse plus les livres… elle reste là, avec eux, sur le tapis. Après, elle me demande de choisir… si je veux, elle va me raconter une histoire… Je montre le livre bleu… j'aime beaucoup le bleu. La petite dame se relève… elle prend le bleu… elle vient s'asseoir à côté de moi. Elle ouvre le bleu… elle commence à lire le bleu… Et puis elle ne lit plus… elle me demande… Tu as soif, maman ?… Si maman a soif, je ne sais pas… Moi, je veux des mots. . des mots… des mots…

Où sont les cabinets ?… Je sais qu'il y en a plusieurs dans la maison… mais je ne sais pas où ils sont. Quand j'ai envie… quand je les cherche, je me perds dans les couloirs, c'est embêtant... Ils ont fermé des portes à clef... je me cogne aux portes, ça m'énerve, alors je crie, je les insulte... La maison est devenue si petite... une maison de poupée... je ne peux pas aller où je veux, je tourne en rond... Des portes fermées, des cabinets qui disparaissent quand j'en ai besoin... j'ai perdu ma maison... Ils font exprès de fermer les portes, de cacher les clefs rien que pour m'énerver... Pourquoi ?

LA VILLA

On l'appelle "La Villa", sans la qualifier plus avant. C'est là un effet du goût mégalomaniaque de Giulietta, de son orgueil démesuré. Les majuscules la distinguent, la placent au-dessus de toutes les villas de la région, du pays, du monde, qui sait.

La Villa a été édifiée il y a plus d'un quart de siècle sur un terrain côtier de la Riviera, non loin de Portofino. Son architecture est adaptée à la topographie des lieux : des blocs de béton blancs imbriqués dans la roche, qui épousent la dénivellation naturelle du terrain. On croirait qu'un enfant s'est amusé avec des morceaux de sucre, les a agencés, incrustés dans le paysage. Les jardins descendent vers la mer, cascades de jasmins et de bougainvillées, coulées de géraniums, de lauriers roses, de plumbagos, de grenadiers, hautes couronnes des palmiers qui se balancent dans la brise marine…

Sans qu'il puisse porter un jugement esthétique sur La Villa, l'étranger qui la découvre éprouve devant elle un sentiment mitigé de malaise et d'éblouissement. Tout ici est trop beau, trop grand, trop parfait, délibérément conçu pour en jeter plein la vue.

Mais, que La Villa rebute ou séduise, Giulietta l'a voulue telle : une maison faite pour durer, capable d'accueillir plusieurs générations de Padovani, pourvue de chambres nombreuses et confortables afin que chacun puisse s'y sentir à l'aise. Dans le quartier de Spaccanapoli où elle a grandi, l'espace qu'elle partageait avec les siens n'équivalait pas à la surface d'une seule de ces chambres. La Villa est la maison de famille qu'elle n'a pas connue dans son enfance, la maison de ses rêves. Elle lui a coûté une fortune à l'époque de sa construction mais Giulietta avait coutume de dire que c'était une "maison de papier" car elle l'a payée avec l'argent des livres, les revenus de ses droits d'auteur.

Giulietta a toujours pressenti d'où viendrait le coup qui mettrait son autorité en péril, entamerait l'intégrité de la famille, et elle ne s'est pas trompée. Ce coup, c'est Eléonore, l'épouse de Julius, qui l'a porté lorsque leurs jumeaux ont eu dix ans. Jusque-là, Eléonore acceptait bon gré mal gré de venir à La Villa pour de brefs séjours, elle tolérait même que ses enfants y retrouvent leurs cousins pendant les vacances. Mais lorsque les jumeaux ont atteint leur dixième année, elle a décrété que le temps des séjours et des vacances à La Villa était révolu. Sommée par Giulietta de justifier pareille décision, Eléonore s'est expliquée sans détour : la vie telle qu'on la menait à La Villa était à la fois trop oisive et trop luxueuse, on y pratiquait un laxisme qui, à la longue, pourrait s'avérer préjudiciable à de jeunes garçons. C'est à cela qu'elle entendait soustraire les siens, il n'y avait pas à discuter, elle était la mère des jumeaux, elle seule pouvait apprécier ce qui était bon ou mauvais pour eux. Ce jour-là, Eléonore n'avoua pas qu'elle détestait ce lieu à cause de sa prétention et parce que sa belle-mère y exerçait une insupportable dictature. Pourtant, tout dans son attitude et ses regards trahissait ce que ses lèvres gardaient celé. La guerre entre les deux femmes était déclarée.

Les propos d'Eléonore excluaient toute discussion et Giulietta, bien trop fière pour négocier, s'est abstenue de parlementer avec sa belle-fille, de mendier un arrangement où elle eût perdu de son pouvoir. Par conséquent, on ne discuta pas. Mais dix mois plus tard, le divorce de Julius et d'Eléonore était entériné par une décision de justice. Le ballet obligé des deux enfants entre père et mère commença alors. Ils passaient la semaine avec Eléonore, mais Julius les récupérait un week-end sur deux et pendant une partie des vacances. Et comme de bien entendu, il amenait ses garçons à La Villa chaque fois qu'ils lui étaient confiés. Giulietta récupérait son bien : elle avait gagné.

La pierre blanche qui devait marquer cette victoire consista en l'adjonction d'un nouveau "sucre" à La Villa. Ce bâtiment abritait une salle de jeux et un gymnase destinés aux ébats des petits-enfants de Giulietta. Ceux-ci étaient maintenant au nombre de dix et elle souhaitait qu'ils puissent disposer de tous les agréments possibles à chacun de leurs séjours chez elle.

Giulietta avait désiré une maison de rêve à partager avec les siens et, grâce à son travail, à son obstination, elle se trouvait exaucée. Mais elle aspirait aussi à être une grand-mère idéale et elle employait tous ses efforts à le devenir. Lorsqu'elle accueillait ses petits-enfants, elle se rendait disponible, elle leur consacrait tout son temps et s'efforçait de les divertir du matin au soir. Dans la salle de jeux récemment installée, elle lançait des parties de ping-pong ou de badminton qu'elle n'était pas la moins âpre à disputer, elle leur racontait des histoires de son cru, chantait ou dansait avec eux. Toutes ces heures consacrées à des activités ludiques, cette atmosphère de futilité qui habitait chaque recoin de La Villa lorsque tous y étaient réunis n'auraient certes pas été du goût d'Eléonore. Mais la bru honnie était hors course, bien empêchée désormais d'émettre des critiques et de compromettre l'harmonie familiale.

Toujours accorte, bien qu'elle eût entamé sa septième décennie, Giulietta Padovani avait obtenu de la vie tout ce qu'elle en attendait. Sa vie professionnelle avait réussi au-delà de ses espérances et lui donnait entière satisfaction puisque ses livres continuaient d'être appréciés et se vendaient bien. Ses enfants la vénéraient, les petits l'idolâtraient, et elle régnait en souveraine absolue sur le petit peuple qu'elle recevait à La Villa quand le mal qui devait la destituer la frappa.

Le clan Padovani dut alors renoncer aux réjouissances et aux festivités. Les séjours des petits-enfants à La Villa s'espacèrent puis, peu à peu, cessèrent : on voulait leur épargner le spectacle de la reine déchue, ses emportements, voire ses crises qui les auraient bouleversés. Lorsqu'ils accompagnaient encore leurs parents et qu'ils sollicitaient Giulietta afin qu'elle consentît à partager leurs jeux et leurs rires, elle perdait souvent patience, les rabrouait et leur refusait sa complicité bienveillante. Ils s'en étonnaient, posaient des questions et il fallut expliquer à ceux qui étaient en âge de comprendre que leurs visites fatiguaient la vieille dame. Il fallut dissimuler, mentir et consoler, il fallut gérer les déchirements, les renoncements successifs, l'abandon du royaume d'enfance et tenter d'imaginer des compensations. Mais quelles compensations offrir en échange de cette perte-là ?

De son côté, Giulietta s'était plainte au début d'être privée de ses petits-enfants, elle réclamait leur présence et tempêtait pour qu'on les lui amenât. Puis elle n'en parla plus : elle les avait oubliés.

On condamna l'une après l'autre certaines parties de La Villa afin de réduire les risques et d'exercer une surveillance plus efficace sur la vieille dame. De la sorte, l'espace où Giulietta avait loisir de divaguer se limitait désormais aux trois pièces qui se trouvaient dans l'immédiate proximité de sa chambre.

MARIETTA

A trente-neuf ans, Marietta n'est pas mariée et se promet de ne jamais succomber aux séductions du piège conjugal. Des filles Padovani, elle est sans doute celle qui ressemble le plus à Giulietta, laquelle a refusé en son temps de connaître les grandeurs et les servitudes du mariage. Tous les autres sont passés devant monsieur le maire et ont aujourd'hui un conjoint légal.

Bien que dépourvue de partenaire officiel, Marietta ne mène pas pour autant une existence de femme esseulée. Son style de vie, reprochable aux yeux de certains, lui convient, lui donne même entière satisfaction. Elle a des amants qu'elle élit avec soin et qu'elle congédie sans façon sitôt qu'ils se font pressants ou menacent son indépendance. Sa philosophie – ou sa conception – de l'amour lui dicte de ne pas s'attacher, lui interdit de s'engager au-delà d'un certain seuil. Elle ne saurait déterminer avec précision où se situe ce seuil, mais il existe bel et bien.

Pour elle, il n'y aura jamais ni mari, ni rejetons : elle a choisi la liberté. D'ailleurs, elle déteste les enfants. L'idée d'une marmaille accrochée à ses basques lui fait horreur. A l'époque où ses neveux et nièces investissaient La Villa et y chahutaient à longueur de journée, elle prétextait des maux de tête pour s'isoler, les éviter.

Elle n'a jamais compris le plaisir qu'éprouvait sa mère à s'entourer de ces nains, de ces singes hurleurs. Dès l'instant où ils débarquaient, Giulietta abandonnait ses travaux en cours pour s'adonner avec eux à des jeux débiles et elle était capable de s'y consacrer des heures durant. Les petits braillards pouvaient cavalcader à travers la maison, la mettre sens dessus dessous, leur grand-mère n'y voyait aucun inconvénient et jamais ne sévissait. Dans cette femme si permissive qui ne se formalisait d'aucun excès dès lors qu'il était commis par cette bande de monstres en culottes courtes, Marietta ne reconnaissait pas sa mère. Celle qui jadis menait ses propres enfants à la baguette et leur inculquait les préceptes les plus stricts s'était transformée en grand-mère à tartines et à contes. Elle bêtifiait, elle devenait gâteuse. Oui, gâteuse, Marietta ne craint pas de le penser, elle a même jeté un jour ce mot à la tête d'Elsa. La violence de cet aveu a entraîné une belle empoignade entre les deux sœurs, mais Marietta ne regrette ni son audace ni sa franchise : il arrive un moment où la vérité, si cruelle soit-elle, doit être dite. Au moment de l'altercation, Elsa ne s'insurgeait pas contre cette vérité – déjà on observait quelques dérapages et anomalies dans le comportement de Giulietta – mais contre sa formulation trop abrupte. Personne dans la famille ne l'a remarqué mais, à la suite de cet incident, les deux sœurs se sont battu froid pendant quelques semaines.

Bien sûr, c'est Marietta qui est revenue, qui a présenté des excuses à son aînée, Marietta l'impulsive dont les propos, souvent, blessent ou désobligent, qui ne sait pas tenir sa langue et se le reproche toujours après coup.

Elle est bonne fille, pourtant, Marietta, elle appartient à cette catégorie d'individus dont on dit qu'ils ont le cœur sur la main. Mais elle est lucide aussi, d'une lucidité implacable : elle n'a pas sa pareille pour repérer les petits travers de chacun. Du reste, pourquoi l'estime, l'affection, l'amour que nous portons aux êtres qui nous entourent devraient-ils nous interdire tout jugement, nous aveugler ?

Parce qu'elle n'a jamais consenti à se laisser aveugler par ses sentiments, Marietta est la première à avoir vu poindre le mal qui allait travailler à la déchéance de sa mère. Mais, pour une fois, elle n'a rien dit, elle s'est gardée de divulguer ses observations : elle ne voulait pas accabler ses frères et sœurs. Tôt ou tard, ils feraient leurs propres constats, il faudrait qu'ils admettent la triste réalité, mieux valait pour l'heure les laisser en paix.

La paix comme un sursis, comme un cadeau. La paix avant la tourmente, avant ces tourments qu'ils endurent ensemble, et qui durent.

Ils ne s'avouent pas tout, les frères et sœurs Padovani. Outre qu'ils sont pudiques, ils s'efforcent de se ménager mutuellement. Par nature, Marietta répugne à ces précautions, ces détours, ces non-dits, mais elle a fini par convenir qu'en la circonstance, ils étaient nécessaires, peut-être salvateurs, faute de quoi… Faute de quoi ils se briseraient comme des figurines de verre. Accéder à la transparence du verre, du cristal, elle en rêvait, Marietta. Mais prétendre à la transparence dans une famille comme la sienne est une utopie ridicule : une course à l'illusion. Aussi sincère que l'on soit, des zones d'opacité demeurent toujours. Ces réunions du samedi qu'ils tiennent avec une si louable régularité, à quoi servent-elles en fin de compte ? Ils sont supposés y établir ensemble un bilan de la semaine écoulée, se communiquer les faits observés et les analyser afin d'anticiper, de mieux se préparer à affronter la semaine suivante. Marietta ne peut pourtant s'empêcher de penser qu'autour de cette table qui les rassemble chez l'un ou chez l'autre, ils en cachent plus qu'ils n'en révèlent. Elle-même a omis de mentionner ce journal qu'elle a découvert à La Villa il y a déjà une quinzaine de jours.

Ce jeudi-là, il faisait très chaud, les mouches dansaient leur gigue agaçante dans la pièce où elle se tenait avec Giulietta. La vieille femme geignait continûment, elle se plaignait d'être agressée, "mordue" par les mouches. Alors Marietta s'est souvenue qu'on entreposait les produits détergents et insecticides avec les ustensiles de ménage dans la souillarde, derrière la cuisine. C'est en fouillant le réduit qu'elle est tombée sur deux carnets bleus – Giulietta a toujours affectionné ces carnets de couleur bleue où elle prenait ses notes –, à n'en pas douter, ceux-ci lui appartenaient. Ils étaient enfouis sous un fatras de cartons, de boîtes vides et de chiffons. Comment se retrouvaient-ils là, parmi toutes ces choses inutiles, alors qu'ils auraient dû être rangés avec les dossiers et documents de la romancière, dans quelque logement inaccessible de son bureau ?

Giulietta est devenue méfiante, elle s'imagine entourée d'individus indélicats qui cherchent à la gruger et s'acharnent à sa perte. Probablement a-t-elle placé elle-même les carnets dans cette cachette incongrue. Et puis elle les aura oubliés.

Marietta a pris la bombe insecticide mais aussi les carnets qu'elle a fourrés dans la poche ventrale de son tablier. Car chacun des Padovani, lorsqu'il est en charge de la mère malade, se couvre d'un tablier censé protéger ses vêtements des éclaboussures, projections et autres crachats dont Giulietta peut à tout moment le gratifier.

Munie de sa bombe, Marietta a vaporisé l'insecticide dans la pièce, suscitant l'enthousiasme de Giulietta qui s'est mise à applaudir. Pendant l'opération d'extermination, elle sentait les carnets à couverture rigide contre son ventre et ce contact lui était comme une brûlure. Un peu plus tard, elle a profité de ce que sa mère somnolait pour les glisser subrepticement dans son sac à main. Elle ignorait alors leur contenu, n'en avait pas la moindre idée. Néanmoins, elle a éprouvé le besoin irrépressible de les subtiliser, elle s'en est emparée pour les emporter et les lire en toute impunité une fois arrivée chez elle.

Dès qu'elle a ouvert le premier, elle a compris qu'il ne s'agissait pas de notes préparatoires destinées à l'écriture d'un texte de fiction, mais d'un journal qui couvrait les années soixante-dix. Un rapide survol du second l'a renseignée sur sa nature : c'était encore un journal, mais qui portait sur les années quatre-vingt. Elle a voulu procéder par ordre, elle a choisi de respecter la chronologie…

Tandis que ses yeux parcouraient les premières lignes, sa conscience lui criait de cesser, l'adjurait de refermer le carnet bleu et de renoncer à cette lecture. Ne sentait-elle pas qu'elle était en train de commettre une indiscrétion impardonnable, qu'elle se livrait là à un viol abject ? Mais Marietta ne pouvait se résoudre à obéir à ces objurgations qu'elle s'adressait à elle-même, elle continuait à tourner les pages, page après page elle guettait Giulietta, elle surprenait Giulietta, chaque ligne lui livrait une Giulietta secrète et inconnue, comment aurait-elle pu s'abstenir de poursuivre ?

Au petit matin, quand la nuit, déjà, blanchissait derrière sa fenêtre, Marietta avait lu les deux carnets. Elle avait percé bien des secrets de sa mère et découvert, entre autres choses, ce qui s'était passé à Bagdad. Elle savait désormais pourquoi Giulietta abhorrait ses pieds.

JOURNAL DE GIULIETTA

Fragments

Gênes, 3 janvier 1970

Marietta me confie ses premiers émois amoureux. C'est émouvant et, à la fois, très agaçant. De quoi me sentir reléguée dans la catégorie des duègnes. Est-ce que j'en ai l'air ? A Dieu ne plaise... Mère de filles nubiles je suis, il me faut bien l'admettre, mais femme à part entière je reste, et ne suis pas prête à renoncer à mes propres émois, à mes propres amours.

Menton, 30 janvier 1970

Illustration – ou application ? – de l'assertion qui précède : j'ai passé hier soir la frontière au bras d'un galant de nuit (de jour, la plupart finissent par m'insupporter). Mais peut-être celui-ci fera-t-il exception, qui sait ? Nous sommes convenus de nous offrir une petite escapade de quelques jours sur la Côte d'Azur. Y mettrai-je un terme pour cause d'incompatibilité ou d'ennui comme je l'ai fait si souvent déjà ? Dans tous les cas, une assurance de plaisir, un bonheur certain : retrouver l'usage de la langue française que je n'ai pas pratiquée depuis des lustres...

Gênes, 7 avril 1970

L'appartement de Gênes commence à me gêner aux entournures : outre que l'espace manque, trop de bruit, trop de promiscuité. Tant que je vivais à Naples, la condition de citadine m'allait parfaitement. Ici, j'étouffe. J'aspire à l'air du large, je voudrais une maison ouverte sur la mer, entourée d'un jardin très vaste, très fleuri. Et pas de voisinage, surtout pas de voisinage proche.

Gênes, 18 avril 1970

Mon comptable affirme qu'une telle entreprise ne relève pas de l'utopie : j'en ai les moyens, mes livres se vendent bien, je pourrais, dit-il, me faire construire un palais si l'envie m'en prenait. Je n'irai pas jusque-là mais, tout de même, cette maison, je l'imagine grandiose, époustouflante, une vraie demeure en somme. Ce projet – car mes velléités ont pris sérieuse tournure et s'affirment maintenant dans un désir d'accomplissement – m'occupe continûment : une obsession séduisante et très stimulante. A force d'évoquer ce désir devant les enfants, je crois le leur avoir inoculé.

Ces enfants, je les ai élevés dans le respect de la démocratie, travaux pratiques à l'appui le plus souvent. Depuis qu'ils ont l'âge de raison, toute décision concernant la famille fait l'objet d'un vote collégial. C'est dans cet esprit que je leur ai proposé hier une sorte de référendum qui portait sur deux points.

Numéro un : quitter Gênes, oui ou non ?

Numéro deux : vivre sur la Riviera, oui ou non ?

A l'unanimité, la réponse a été oui aux deux questions.

Forte de cet aval, je gamberge de plus belle. Dès demain, je me lance dans l'aventure et me mets en quête d'un terrain sur la côte.

Séville, 28 avril 1970

Je me suis arrachée au livre en cours pour un nouveau pas de deux avec S. Cette fois, l'Andalousie, Séville. Dans les ruelles du *barrio* Santa Cruz, le parfum du jasmin dilate les narines et le cœur : tout le temps qu'on y flâne, le nez en l'air, on peut se croire amoureux…

Gênes, 15 mai 1970

Je viens de dénicher l'emplacement idéal, en tous points conforme à mes vœux : un coin de côte ensauvagée non loin de Portofino. Je suis très excitée, et les enfants ne le sont pas moins que moi. Chaque fin de semaine, nous allons visiter, arpenter notre futur paradis. Nous bâtissons des plans sur la comète et je prends en compte leurs desiderata et suggestions. Ils rivalisent d'idées, chacun a son mot à dire et le dit. Bien sûr, il faudra s'assurer l'assistance et le concours technique d'un architecte, mais, pour l'essentiel, la maison existe déjà dans nos huit têtes…

Gênes, 5 juillet 1970

Les livres, la maison. Les premiers ont permis que la seconde devienne réalité ou soit en passe de le devenir. Mais il y a d'autres liens que celui de cause à effet entre ces deux pôles de mon existence. J'ai écrit quantité de livres, c'est la première maison que je mets en œuvre et je découvre bien des similitudes entre ces deux entreprises. Dans l'un et l'autre cas, il s'agit de construire : si les matériaux diffèrent, les démarches qui président à l'édification d'une œuvre littéraire ou d'une maison sont très proches. Là où il n'y avait rien, l'imagination, le talent et le travail humains vont faire que cela qui n'existait pas, le livre, la maison, va peu à peu s'ériger, cesser d'être une virtualité.

Gênes, 6 février 1971

La construction de la maison avance. Aller constater sur place la progression des travaux me procure chaque fois une grande allégresse. Je l'appellerai "La Villa". Elle sera telle que je l'ai voulue, spacieuse et lumineuse : tout mon petit monde, bientôt, y vivra heureux.

L'architecte qui m'accompagnait hier confirme qu'il me la livrera dans les délais prévus. Nous pourrons donc nous y installer au début de l'été. Il restera alors à s'occuper des plantations. Pour l'heure, le terrain n'est qu'une succession d'éboulis qui dévalent vers la mer, un chaos de roches décapées par le soleil et le vent. Cette configuration me causait souci, mais le jardinier que j'ai convoqué m'assure qu'il s'est colleté à partie autrement difficile et me promet que nous aurons un beau jardin à condition de nous en tenir aux essences méditerranéennes. Ces prescriptions me paraissent sages : il va s'agir de les respecter et de se montrer patient.

Ce soir, arrivée de Léa qui s'occupera des enfants pendant mon séjour dans la capitale.

ANTOINE

Il a beaucoup aimé vivre à La Villa, c'est le dernier des enfants Padovani à avoir quitté le nid. Pendant quelques années, alors que les autres s'étaient envolés, il a vécu là, seul avec Giulietta. Sa condition de célibataire et l'existence qu'il coulait auprès de sa mère lui convenaient parfaitement. Il estime aujourd'hui que cette époque fut la plus faste et la plus heureuse qu'il ait connue.

Tous deux hédonistes de bon ton et épris de plaisirs, la mère et le fils partageaient une philosophie qui facilitait leur cohabitation et scellait leur entente. Giulietta ne cherchait pas à retenir Antoine mais ne l'incitait pas davantage à prendre son essor, à fonder un foyer. C'était une compagne exquise, pleine de délicatesse et d'invention, qui s'entendait comme personne à enluminer le quotidien. Avec elle, chaque jour était jour de fête. Ils formaient un couple hors normes qui ignorait l'ennui et les pesanteurs de l'habitude. Jamais, entre eux, il n'y eut de tensions, jamais il n'était question de l'avenir.

Antoine travaillait déjà à Gênes mais il rentrait chaque soir pour dîner en tête-à-tête – en amoureux, disait-elle – avec sa mère. Soir après soir, lorsqu'il arrivait, il trouvait la table apprêtée sur la terrasse, face à la mer, et, non loin de là, Giulietta qui l'attendait, étendue sur son ottomane, vêtue d'une robe somptueuse et parée comme une châsse. Antoine embrassait sa mère et, avant de se mettre à table, allait se changer car tous deux mettaient un point d'honneur à "s'habiller" pour passer les heures qui les conduisaient ensemble jusqu'au cœur de la nuit. C'était des conversations sans fin, des chuchotements, des rires complices dont ils ne se lassaient pas, dont ils ne pouvaient envisager la fin.

Pourtant, de l'intimité de ces soirées qui fut la leur au long de ces années, il ne reste rien, songe Antoine avec quelque amertume. Il ne reste rien non plus de cette Villa qu'il a tant aimée, avec ses masses blanches encastrées dans la roche, serties dans la folle luxuriance des végétaux, avec ses pièces vastes, lumineuses, toujours ouvertes sur l'horizon marin. Ou, plutôt, tout est là comme auparavant, mais dans un état d'abandon et de délaissement tel qu'il rend La Villa méconnaissable et en pervertit sournoisement l'atmosphère.

Jadis, chaque fois qu'il revenait, Antoine se sentait soulevé par un élan du cœur et des sens, ses yeux s'emplissaient d'une vision qui le comblait, il retrouvait ici son havre, son port d'attache. Aujourd'hui, il n'y vient plus qu'à contrecœur, quand le devoir le ramène auprès de sa mère une fois par semaine. Bien que les blancs édifices s'offrent toujours à ses regards dans leur immuable agencement, bien qu'ils soient toujours nichés au creux de leur écrin végétal, il lui semble à chaque visite que La Villa a subi quelque nouvelle et inexplicable altération. Mais Antoine a trop aimé vivre en ce lieu, il en a trop joui pour admettre, sans plus, cet inexplicable. Alors il se raconte que La Villa souffre d'un mal insidieux, comparable à celui qui détruit peu à peu Giulietta, qu'elle est, comme Giulietta, victime d'un puissant maléfice.

Toutefois, et même si Antoine s'ingénie à les écarter, il existe des explications d'ordre réaliste à la lente et dégradante métamorphose de La Villa. Les enfants Padovani n'ont-ils pas organisé et mis en œuvre des changements considérables lorsque la maladie de Giulietta a rétréci son univers ? Dès lors que leur mère a cessé de recevoir, ils ont, par commodité, jugé préférable de fermer en grande partie la maison. De ce qui était autrefois le fumoir, on a fait la pièce à vivre où se tiennent la plupart du temps Giulietta et ceux qui la gardent jour après jour. On a installé là des rayonnages et, sur ces rayonnages, des livres dont on voulait que la romancière restât entourée. L'ancien fumoir est ainsi devenu un salon-bibliothèque où l'on ne fume plus car Giulietta a toujours proscrit la cigarette et le cigare dans les endroits dédiés aux livres.

Sur la droite de cette pièce, une porte donne dans la chambre de Giulietta et son cabinet de toilette. A l'opposé, elle communique avec le salon de musique qui a été réaménagé en salle à manger. De là, par un étroit couloir, on peut accéder à la cuisine. Voilà à quoi se réduit désormais l'espace vital de Giulietta, l'espace "utile" et occupé de La Villa.

C'est une peine pour Antoine, une souffrance qui s'ajoute à celle qu'il éprouve à être là, des heures durant, face à cette femme misérable, à l'esprit atrophié, qui est sa mère. Parfois, il tente de lui rappeler ces temps bénis de leurs rendez-vous “en amoureux”, lorsqu'il lui consacrait toutes ses soirées, lorsqu'elle se faisait belle et l'attendait pour dîner en tête-à-tête avec lui. Il s'évertue à l'intéresser, à capter son attention, il lui raconte certaine anecdote qui provoqua leur fou rire ou encore l'irruption, un soir, sur la terrasse, d'un chien blanc, très pelucheux, aussi grand qu'un ours, qui semblait débarquer du pays des neiges et leur causa une belle frayeur. Mais Giulietta ne fait aucun cas de ces évocations : elle exige qu'on tire les rideaux sur la baie vitrée sous prétexte que tant de soleil la gêne, ou réclame son énième chocolat de l'après-midi.

Lorsqu'il est loin de La Villa et mène ses propres affaires, Antoine est un homme peu enclin à se livrer aux réminiscences et aux élancements de la nostalgie. Mais sitôt qu'il se trouve en présence de sa mère, sans qu'il ait à les rameuter, les souvenirs de leur vieille idylle l'assaillent et il ne peut s'en dépêtrer. Il accomplit mécaniquement les gestes nécessaires au bien-être de Giulietta – glisser un coussin dans son dos, tirer les rideaux si tel est son désir, débarrasser un bonbon de son emballage et le lui mettre dans la bouche – mais d'autres gestes, des gestes anciens se superposent à ceux-ci avec une force égale, une réalité implacable. De même, entre le regard d'Antoine et cette vieille femme dont la faiblesse est manifeste, qu'il faut tuteurer dans son fauteuil à l'aide de coussins ou d'oreillers, s'interpose l'image en mouvement d'une Giulietta rieuse, souveraine et magnifique. Dans ces moments, il n'entend plus les pauvres élucubrations, les demandes balbutiées par la malade, mais les mots d'esprit, les roucoulades et les rires qui fusaient de la bouche rouge de la Giulietta perdue. Il se sent alors en porte-à-faux entre le temps présent et le temps passé, il est pris d'un vertige et doit se précipiter sur la terrasse pour happer l'air frais du dehors et retrouver un semblant d'équilibre.

JULIUS

La vie devient de jour en jour plus inamicale à l'égard de l'aîné des Padovani. Le fait est qu'il commence à connaître de sérieuses difficultés dans son travail. Ainsi qu'il l'a dit de manière très succincte à sa mère, Julius donne des avis. Mais, en vérité, il est chargé de donner davantage que des avis. Son métier consiste à inspecter avec une extrême rigueur les restaurants, les hôtels et, éventuellement, à délivrer des blâmes à l'encontre de certains établissements pour contravention aux règlements de l'hygiène. Parfois, même, il est amené à préconiser la fermeture de ces établissements.

Pour accomplir sa tâche, Julius doit sillonner la région dans un rayon d'une centaine de kilomètres autour de Gênes. Mais, trop préoccupé qu'il est par l'état de sa mère, il ne le fait plus, il ne le peut plus. Il s'est arrangé avec un collègue qui a consenti à s'occuper de sa zone, mais il sait que cet arrangement ne saurait durer. En outre, la journée qu'il distrait pour servir de vigile à Giulietta ampute sa semaine d'un certain nombre d'heures qu'il ne trouve pas le moyen de récupérer. Sous peu, sa direction lui demandera des comptes, on exigera qu'il remplisse sa mission comme tout un chacun. Sinon, ce sera la révocation pure et simple, la perte de son emploi.

Il ne dort plus beaucoup, Julius, il tourne et retourne entre ses draps, il cherche au long de ses insomnies une solution qui toujours se dérobe. Comment concilier le souci constant de sa mère, la nécessité de ne jamais trop s'éloigner de La Villa et ses obligations professionnelles ?

Il y a aussi ses responsabilités de père. Après son divorce, lorsque la santé de Giulietta lui permettait encore de recevoir ses petits-enfants, il amenait ses deux garçons à La Villa en fin de semaine et même pendant les vacances. Ludo et Antonin ne demandaient pas mieux que de retrouver leur grand-mère, celle-ci était aux anges et lui se trouvait libéré pour plusieurs heures, parfois plusieurs jours, pour se livrer à ses activités. Hélas, quand le déclin des facultés de Giulietta est devenu patent, il a fallu renoncer à cette commodité.

La Villa constituait le refuge idéal, un lieu béni pour les enfants. A présent qu'elle leur est fermée, Julius se voit contraint de les confier à ses frères ou sœurs et, lorsque ceux-ci sont indisponibles, à des personnes qu'il rémunère. Tantôt chez l'un, tantôt chez l'autre, les garçonnets souffrent à l'évidence de cette vie instable et Julius pense parfois qu'il a eu tort de briser son foyer, de quitter Eléonore.

Oui, il lui arrive même de regretter Eléonore, Eléonore et son intransigeance, Eléonore et ses dogmes sur l'éducation, sur le couple, sur tout. Elle était trop rigide, trop collet monté, disait Giulietta, un vrai bonnet de nuit. Il n'empêche que si Eléonore était à ses côtés, il saurait comment se débrouiller de ses problèmes, elle l'aiderait à les résoudre.

La nuit, quand son extrême fatigue a raison de l'insomnie et qu'il sombre enfin dans le sommeil, Julius a des visions – rêves ou cauchemars, il ne sait les qualifier. Mais, à quelques variantes près, c'est toujours la même scène qu'il surprend : il débouche sur la terrasse de La Villa et y découvre Giulietta au temps de sa splendeur. Elle est allongée là, sur une ottomane, face à la mer. Les plis de sa longue robe blanche coulent jusqu'à terre. Elle porte une capeline, blanche aussi, dont les bords très larges dissimulent en partie son visage. Sa cigarette est emboutée dans un long fume-cigarette d'argent qu'elle amène paresseusement vers sa bouche rouge. Une fleur du même rouge que ses lèvres est piquée à son décolleté. Sur le petit guéridon qui se trouve près d'elle, il y a un carnet bleu, un stylo, deux ou trois verres, des bouteilles, un cendrier. A part l'ottomane, il n'y a pas d'autre siège sur la terrasse. Pourtant Giulietta n'est pas seule : un homme se tient debout à ses côtés. Ce peut être un admirateur, un journaliste, un amant ou quelque connaissance de passage. A la pose que tient sa mère, à sa façon de sourire, d'incliner la tête, de se taire ou de parler, Julius peut deviner la nature des relations qu'elle entretient avec le personnage. Il sait aussitôt et sans le moindre doute s'il s'agit d'un admirateur, d'un journaliste, d'un amant ou d'un simple visiteur. Si c'est un amant, il suffoque dans son sommeil comme il suffoquait jadis devant la scène réelle, chaque fois qu'elle se présentait à ses yeux.

L'autre version – du rêve, du cauchemar ? – est plus pénible encore. Cette fois, Giulietta est tout habillée de rouge, elle est plus âgée mais toujours aussi belle. Il n'y a pas d'homme auprès d'elle mais une forme est couchée sur le sol, une femme vêtue d'une robe blanche. Giulietta est assise et non plus couchée sur l'ottomane, elle a posé ses pieds sur la femme étendue là et elle la maintient clouée dans cette position. Toute son attitude dégage une formidable impression de puissance et elle rit à gorge déployée. L'autre femme est immobilisée, elle ne peut bouger ni se redresser. A certain moment cependant elle tourne la tête dans la direction de Julius et il peut identifier la victime terrassée par sa mère, il reconnaît le visage d'Eléonore. Il s'éveille alors dans un cri, tout pantelant, le corps baigné de sueur.

Julius n'est pas homme à se livrer à l'introspection, il répugne même à s'appesantir sur des réflexions qui risquent de l'entraîner trop loin. Pourtant, ces visions nocturnes le troublent, reviennent le harceler dans les moments les plus inopportuns, quand il travaille, quand il tient son rôle de vigile auprès de la Giulietta d'aujourd'hui, celle qui n'a plus sa raison. Il voudrait les chasser, s'en délivrer, mais elles sont têtues, elles l'obsèdent, elles l'accablent. Depuis deux jours, faute de pouvoir les ignorer, il a décidé de leur faire face, de les prendre à bras-le-corps et de leur faire dégorger leur signification, si elles en ont une. Car la récurrence de ces cauchemars – il a franchi un pas, il sait maintenant comment les nommer – a peut-être un sens, a sans doute un sens qu'il devient urgent de connaître.

En premier lieu, pourquoi sa mère le hante-t-elle au point qu'elle est seule à habiter ses nuits ? Pourquoi ses rêves réactivent-ils des situations qui lui ont été douloureuses dans le passé ? Il est obligé de s'avouer que la présence des amants de Giulietta à La Villa l'ulcérait lorsqu'il était adolescent, et même au-delà. Il y a plus inquiétant encore parce que plus difficile à admettre : ce sont ces nuits où il voit Giulietta tenir Eléonore à sa merci, les pieds posés sur son corps dans une attitude triomphante. Bien sûr, cette scène est fictive, elle est le produit de son imagination ou, plutôt, une distorsion de la réalité, une facétie imputable à son seul inconscient. Mais pourquoi son inconscient s'amuse-t-il à ses dépens, pourquoi s'obstine-t-il à lui proposer ces images fallacieuses ? A ce point de sa tentative, Julius se sent en danger, il voudrait cesser de s'interroger, renoncer à la poursuite de cette investigation solitaire. Mais il ne peut plus, l'instant de l'élucidation est proche, la vérité brûle de se faire connaître. Et elle est là, accablante, virulente : Julius vient de comprendre qu'il a porté à sa mère un amour trop grand, un amour exclusif et contre nature. C'est cet amour qui lui a fait prendre en haine tous les hommes qui s'approchaient de Giulietta. C'est à cause de cet amour qu'il a préféré sa mère à Eléonore, qu'il s'est "laissé divorcer" parce que telle était la volonté de Giulietta. Sans le savoir, sans le vouloir, sans jamais protester, il s'est laissé dévorer par Giulietta.

GIULIETTA

Il y avait des enfants ici, plein d'enfants… des enfants partout. Je jouais avec eux… c'était bien… c'était très gai. Mais la maison est devenue petite, si petite… c'est une cage maintenant… les enfants ne viennent plus. Je dis… je crie que je les veux, les enfants… dans la cage avec moi. On me donne un cachet blanc… deux cachets blancs, beaucoup de cachets blancs… Je les crache, je ne veux pas de cachets… je veux les enfants. On me dit demain… bientôt… plus tard… On me ment, on essaie de me tromper avec des promesses. Alors j'attrape des choses sur la table… je les lance contre le mur… elles se cassent. Il faut qu'ils ramassent les morceaux… C'est bien fait pour eux…

Je ne veux plus manger, non, non, et non… Je repousse l'assiette… ça les embête, les belles dames et les beaux messieurs… Quand je les vois bien embêtés, je ris… Ils s'en retournent avec leurs plats, tout piteux, et moi je mange mon rire… C'est très bon… ça me nourrit.

Je suis encore la plus forte, qu'est-ce qu'ils croient ? Ils m'enferment dans une cage… on vient me voir comme un singe au zoo… Alors je me gratte partout, je fais des grimaces de guenon pour leur faire plaisir… Mais ça ne leur fait pas plaisir… Ils me prennent les mains… ils veulent m'empêcher de me gratter… ils ont peur du sang qui coule… Des fois, ils me coupent les ongles, c'est terrible… ils enlèvent des morceaux de moi… il faut qu'ils arrêtent… je crie… Quand ils ont peur du sang… quand ils ont peur de moi, ça me rend contente… je suis toujours la plus forte, pas vrai ?

Je m'ennuie… J'ai chaud… juste après j'ai froid. Ils courent chercher des vêtements… Ils reviennent avec des châles, des habits de vieille qu'ils me mettent dessus... C'est affreux, c'est lourd... J'ai chaud tout à coup... Je ne suis pas vieille... mais ils me traitent comme si... J'avais des robes, beaucoup de belles robes qui me rendaient belle... Où sont passées mes robes ?... Ils les ont volées, c'est sûr... Il faut que j'appelle la police... La police viendra... elle me rendra mes robes, elle emmènera tous ces voleurs... elle les enfermera en prison, ce sera un bon débarras...

Ils me gardent prisonnière dans la cage pour me faire payer... Payer quoi, je ne sais pas... L'autre jour, une fille est venue, ma fille... J'ai eu des filles, je crois bien... Celle-là ne me regardait pas gentiment... Elle voulait m'habiller... moi je ne voulais pas, elle m'a bousculée beaucoup... Non... elle ne doit pas être ma fille... les filles n'habillent pas leur mère, c'est tout le contraire... Je crois que j'en ai eu... des petites filles... je leur achetais des jolies robes... Je les coiffais... je leur mettais des rubans dans les cheveux... elles ressemblaient à des poupées...

FRÉDÉRIC

Dans le vocabulaire déjà fort limité de Frédéric, il y a des mots dont l'usage est proscrit. Le verbe "radoter", par exemple, qui s'impose pourtant à son esprit lorsqu'il est assis face à Giulietta et qu'elle entame un de ces discours erratiques, sans queue ni tête, dont elle est devenue coutumière. Il y a encore "folie", "déficience mentale", tous ces vocables cruels et définitifs qu'on ne peut pas toujours éviter de penser mais qu'il vaut mieux s'abstenir de prononcer.

Les mots, Frédéric s'en méfie, il les soupèse, il mesure leur coefficient de nocivité et ne les laisse franchir la barrière de ses lèvres que lorsque la nécessité de les formuler s'impose à lui avec force. Il ne faut donc pas s'étonner qu'il soit si peu loquace et qu'il s'en tienne la plupart du temps à une expression orale qui frise l'indigence.

Ses frères et sœurs ne lui font pas grief de cette singularité. Ils le connaissent, ils sont habitués. Ils respectent même ses longs silences qu'ils attribuent à sa discrétion et à sa réserve naturelle. Ils ignorent toutefois quels débats se livrent dans l'esprit de Frédéric quand, au cours d'un échange, il se trouve acculé à proférer un avis, une impression ou une idée. Ils ignorent aussi quels vieux démons il doit affronter chaque fois qu'il lui faut écrire la plus banale des lettres. Car Frédéric, jadis, a eu la prétention de suivre l'exemple de sa mère. D'ordinaire, les garçons prennent pour modèle leur père et, au moins jusqu'à un certain âge, cherchent à l'imiter en tout. Un formidable esprit de compétition les anime, il leur faut se mesurer à leur géniteur. Mais la famille Padovani n'est pas ordinaire : leur mission accomplie, les pères ont été éliminés. Il ne restait donc à Frédéric qu'une ressource, marcher dans les traces de Giulietta. A seize ans, il voulait devenir romancier et il écrivait dans la solitude complice de sa chambre. Mais ces pages qu'il écrivait, il les détruisait au fur et à mesure. Il lui suffisait de les relire pour être convaincu de leur nullité. Il les jugeait à l'aune des textes produits par Giulietta et la comparaison ne pouvait qu'être fatale à ses pauvres élucubrations d'écrivain en herbe. Dans la famille, personne n'a jamais rien su de ces tentatives avortées et bientôt abandonnées.

Des enfants Padovani, Frédéric est sans doute celui qui connaît le mieux l'œuvre de Giulietta. Il a lu et relu les livres de sa mère avec passion, inlassablement, et en a retiré le sentiment, la conviction, que sa mère usait des mots en merveilleuse chorégraphe. Lui, plus que tous les autres, a su voir comment elle donnait vie, et rythme, et mouvement à ses phrases, à ses paragraphes. Il a admiré chaque livre de Giulietta comme une prodigieuse chorégraphie, oui, et chaque fois cette capacité à jouer en virtuose avec les mots l'a fait béer d'admiration. Elle l'a également fait trembler de rage impuissante et de jalousie, mais cela, il ne peut l'avouer que dans le secret de son âme.

Outre son talent littéraire, du temps où elle ne "radotait" pas encore, il a envié à Giulietta son élocution marquée du même génie, il lui a envié les modulations de sa voix grave, l'amplitude de son phrasé, l'impeccable rigueur de ses raisonnements. Il se souvient qu'à l'époque où elle était saine d'esprit et en pleine possession de ses moyens, sa mère était capable de tenir un auditoire subjugué des heures durant. Et que ses premiers auditeurs, ses auditeurs de toujours étaient ses propres enfants. Plus que ses frères et sœurs, Frédéric adorait l'écouter, il se délectait à l'entendre. Pour mieux l'écouter, pour mieux l'entendre, il s'astreignait au silence : ainsi lui est venue l'habitude de se taire. Car il n'y avait rien qui pût égaler, en beauté et en pertinence, les paroles qui sortaient de la bouche de Giulietta.

Quelle pitié que la maladie ait réussi à abolir cette toute-puissance du verbe qu'elle possédait, songe-t-il parfois, assis là, face à la vieille femme qui ne débite plus que des propos incohérents. Quelle pitié, quelle horreur !

Frédéric est horrifié, très mal à l'aise. Il croise et décroise ses longues jambes, ne parvient pas à trouver une position confortable. Giulietta, qui a conscience de plus de choses qu'on ne l'imagine, remarque cette agitation et demande :

— Tu veux pipi, monsieur ?

Il a honte, il se borne à répondre par un grommellement.

Son inconfort est tout moral et sa honte vient de ce qu'il a conscience d'avoir mal agi la semaine précédente à l'égard de sa mère. Lorsqu'elle a évoqué

Lorenzo et Carla, les personnages d'un de ses romans, il a fait mine de ne pas les connaître, de les avoir oubliés. Or, il sait pertinemment qu'en mimant l'oubli ou le désintérêt, il jouait un rôle ignoble face à Giulietta, celui du fils qui prend sa revanche sur une mère affaiblie et dépossédée de ses dons. C'est bien cela : dans une minute d'égarement, il a voulu se venger, faire payer le prix fort à Giulietta. C'était une cruauté inutile mais c'était bien cela : il lui a fait payer la privation de ce talent qu'elle ne lui a pas légué et dont il reste à jamais frustré.

Bien sûr, le samedi suivant il a fait allusion à l'incident devant ses frères et sœurs. Mais il s'est bien gardé de dire la vérité, toute la vérité. Il les aurait déçus et, à coup sûr, scandalisés.

D'ailleurs, il ne dit jamais rien d'important, Frédéric. On le sait, on ne lui en tient pas rigueur et nul, chez les Padovani, ne songe à s'en formaliser.

ELSA

Elle n'a pas repris la cigarette comme certains de ses frères et sœurs, mais elle s'est mise à boire. Elle évite de le faire à la maison, cela se verrait trop et pourrait entraîner des conséquences fâcheuses. Le besoin d'alcool et, déjà, l'accoutumance lui inspirent toutes sortes de ruses et de précautions ; ainsi s'arrête-t-elle dans un bar ou deux, le matin, avant de se rendre à son bureau. A neuf heures, elle a déjà ingurgité deux verres de blanc sec et un café bien arrosé. Elle se ménage de brèves stations dans les mêmes établissements à la fin de la journée, quand elle quitte son travail. Au restaurant de l'entreprise où elle déjeune à midi, elle vide son quart de litre de rouge et "emprunte" les leurs à deux de ses collègues qui sont non buveuses.

Son goût pour la boisson commence à susciter rumeurs et chuchotements dans son entourage professionnel. Certains en font des gorges chaudes, d'autres ne lui accordent aucune circonstance atténuante. Une minorité la plaint, la comprend : ceux-là compatissent, espèrent qu'elle traverse seulement une mauvaise passe et qu'elle se reprendra bientôt. Car elle a trois enfants, Elsa, et l'on sait qu'une mère qui sombre dans l'alcool est une malédiction dans un foyer, l'exemple le plus calamiteux qui soit.

Il y a plusieurs mois qu'Elsa s'adonne à la boisson mais elle ne se considère pas pour autant comme une alcoolique. Elle explique qu'elle a besoin d'un petit remontant de temps en temps pour supporter la situation. Quand Sabrina, qui partage son bureau et à laquelle elle peut faire des confidences, lui dit que la "situation" peut durer encore des mois, voire des années, elle hausse les épaules.

Elle n'est pas très sélective dans le choix de ses "remontants". Elle avale tout pêle-mêle, bière, vin, alcools forts. Au bout des journées qu'elle passe avec sa mère, elle double les doses. Depuis quelques semaines, elle arrive même à La Villa munie d'une flasque de cognac dont elle s'accorde quelques lampées sitôt que Giulietta se met à dodeliner de la tête et qu'elle la croit endormie. Elle transporte sa consolation, son réconfort avec elle, au fond de son sac.

L'aliénation toute récente d'Elsa à l'alcool est d'autant plus étrange que cette denrée n'a jamais eu droit de cité à La Villa. Lors des réunions ou des fêtes familiales, aucun liquide alcoolisé n'apparaissait sur la table pour la bonne raison que Giulietta en a toujours eu horreur. Pendant des années, on a consommé de l'eau plate ou gazeuse au cours des repas et, lorsqu'il s'agissait de porter un toast, on se contentait de trinquer avec des cocktails de fruits. Aucun des Padovani n'a jamais eu l'audace de protester contre cette discipline de fer. On était sobre, non par vertu, mais par pusillanimité. Outre qu'ils répugnaient à contrarier leur mère, les sept Padovani savaient qu'ils auraient encouru ses foudres s'ils avaient enfreint la loi de prohibition par elle instaurée. On n'allait pas désobliger la maîtresse de La Villa, se la mettre à dos pour un verre de vin, n'est-ce pas ?

La seule à déplorer secrètement qu'on n'ait pu discuter cette loi, et moins encore l'amender, est évidemment Elsa. Il va sans dire qu'elle ne s'en est jamais ouverte à l'un ou l'autre de ses frères et sœurs. Elle savait d'avance que sa démarche aurait été vaine, que personne dans la famille n'était disposé à lui prêter son appui, à se ranger à ses côtés.

Elsa est donc entrée seule en dissidence. Sa santé ne souffre pas encore de ses abus. En revanche, les effets de l'alcool se font sentir sur son aspect physique. Elle grossit, ces temps-ci, Elsa, ou plutôt elle enfle. Ses yeux, qu'elle avait beaux, qu'elle tenait de Giulietta, sont à présent injectés de sang, tantôt trop brillants, tantôt embrumés, ternis par une buée grisâtre. Par moments, son élocution devient pâteuse, elle cherche ses mots, bafouille, s'interrompt au milieu d'une phrase qu'elle ne finit jamais. A l'inverse, il lui arrive d'être prise de logorrhée verbale, elle s'exprime alors avec une fébrilité qui étonne, qui laisse ses interlocuteurs perplexes, les met mal à l'aise. Obnubilée par son vice, trop occupée qu'elle est à le satisfaire sans trop se trahir, elle se néglige, oublie de repasser ses robes, ne va plus chez le coiffeur. Elle n'est pas encore consciente de ces changements dans son apparence ou elle préfère les ignorer. Mais les autres ont des yeux et ils ne sont pas dupes. Seul Alberto, son mari, semble porter des œillères. C'est un homme sans malice, plutôt enclin à l'optimisme et, en ce qui concerne Elsa, à la plus grande indulgence. S'il a remarqué que son Elsa s'empâtait et se fagotait à la diable depuis quelque temps, il n'en dit rien. Il connaît le drame que vivent les Padovani et peut-être a-t-il décidé d'attendre que reviennent des jours meilleurs sans trop brusquer sa femme. Il se peut encore qu'il attribue les changements intervenus au chagrin qu'éprouve Elsa à voir sa mère diminuée, pitoyable, dépossédée d'elle-même.

GIULIETTA

Il y a une femme qui vient et qui pue l'alcool. Je ne veux pas qu'elle s'approche de moi… je sens cette odeur que je déteste… Je veux qu'elle s'écarte… qu'elle s'éloigne… mais non, elle rit… et je reçois son haleine empestée dans la figure… Je suis obligée de passer tout ce temps… longtemps… avec cette pocharde. Quelle misère… quelle misère…

J'entends les plantes… les arbres qui ont soif… qui réclament à boire. Je demande à la dame qui est là, tu ne les entends pas, madame ?… Il faut arroser le jardin… il faut lui donner de l'eau… encore de l'eau… il fait si chaud. Je dis, si tu n'arroses pas le jardin, il va se dessécher… mourir… La dame promet… plus tard… plus tard…

Moi aussi, je vais mourir... mais pas comme le jardin... tout le contraire... Le jardin manque d'eau... moi, ils m'en donnent trop. Ils veulent me noyer, je crois... La pocharde fait un essai... elle me met dans la baignoire... elle ouvre les robinets... elle s'en va... elle oublie l'eau qui coule... ça monte, ça monte... ça déborde et moi je me noie... au secours, au secours, je ne sais pas nager... Heureusement l'infirmière arrive... elle me sort de la baignoire... elle m'emporte jusqu'à mon lit... elle me pose. Je reste là, les yeux fermés... comme une naufragée.

Je vois quelqu'un sous mon lit... c'est un voleur sûrement. Alors j'appelle fort, je crie... je veux qu'on enlève ce quelqu'un de sous mon lit... Le monsieur vient, il regarde... Il dit, non, non... personne sous le lit... rien. Calme-toi, maman, rassure-toi, maman... Rien ?... Et mes bijoux alors ?... Et le carton avec tous mes bijoux dedans ?... Le monsieur est un menteur, c'est sûr...

On me laisse couchée... c'est plus commode. Je ne suis pas d'accord... il faut que je marche... j'aime beaucoup marcher… et longtemps… longtemps. J'ai des jambes comme tout le monde, non ?… Des jambes plus belles que tout le monde… qui savent très bien marcher… Les hommes aimaient mes jambes… ils les regardaient… ils les caressaient… J'appelle celui qui est là… je lui demande… Tu veux voir mes jambes, monsieur ? Il ne veut pas… il me force à me recoucher, il me couvre avec le drap… Il dit, dors, maman… dors…

JOURNAL DE GIULIETTA

Fragments

Rome, 8 avril 1971

Encore une fois, j'ai confié les enfants aux soins de l'excellente Léa et j'ai sauté dans un train. Des engagements professionnels m'attendaient ici : rendez-vous avec mon éditeur, déjeuners en compagnie de journalistes, quelques interviews à la radio.

De plus en plus, je regimbe devant cette existence trépidante, morcelée, qui est la mienne. Toujours partir ne me convient guère. Pendant des mois, écrire au calme dans une chambre, oui. Mais le moment arrive, inéluctablement, où l'on vous demande de sortir, d'aller vous montrer ici et là. Il semble qu'aujourd'hui, écrire ne suffise plus : il faut aussi se vendre.

Paris-Vienne, 14 mai 1971

Un homme a frappé à la porte de mon sleeping : son billet l'autorisait à le partager avec moi. Aussitôt, j'ai pris la mouche : j'étais prête à ameuter tout le train, à déclencher un joli scandale, mais il m'a souri. Alors, j'ai renoncé aux réclamations et aux exigences. Je n'ai jamais su résister à certains sourires…

Mon compagnon proposait déjà de se retirer, de partir à la recherche d'un contrôleur pour essayer d'obtenir une couchette dans un autre compartiment, mais je l'ai retenu.

Résultat : nuit d'amour exquise dans le Paris-Vienne. La mixité dans les trains n'est finalement pas si détestable…

Vienne, 15 mai 1971

Je n'ai pas revu le voyageur du train de nuit. Ayant pleinement et fortement joui l'un de l'autre, nous nous sommes séparés sans état d'âme à l'arrivée.

Je pars pour l'Italie dans deux jours. Grand bonheur et palpitations de joie à l'idée de retrouver les enfants.

Portofino, 15 juillet 1971

Jours de liesse et de grand chambardement : nous prenons possession de La Villa. Depuis une semaine nous vivons au milieu des caisses et des cartons mais peu à peu chacun apprivoise l'espace qui lui est dévolu et l'organise à sa guise.

Le soir, nous oublions ces heures de branle-bas dans la mer. Longues baignades tous ensemble. Je nage avec les enfants qui s'ébattent autour de moi comme autant de dauphins joueurs.

Rome, 17 septembre 1971

H. m'invite à l'accompagner à Venise. Proposer à une Italienne un séjour dans la Sérénissime me semble trahir un manque d'imagination tout à fait rédhibitoire. Pourquoi ne pensent-ils jamais à vous emmener visiter le Tāj Mahal ou la Cappadoce ?

L'homme est riche, beau, une gravure de mode. Comme de juste, il sait s'habiller et prendre des poses. Après trois dîners et une nuit passée dans son lit, je ne lui ai pas découvert d'autre talent. C'est peu.

Gentil, H., très galant, mais il commence à m'ennuyer. Il m'ennuie même franchement : je n'irai pas à Venise avec ce monsieur. Mais peut-être irai-je seule, pourquoi pas ? Ce serait drôle de le rencontrer au café Florian ou sur le pont de l'Académie. Et puis zut, même cette idée cesse de me séduire à l'instant où elle me traverse l'esprit. Pas drôle du tout. Un homme, quelle perte de temps !

Rome, 20 septembre 1971

Finalement, ce sera Bagdad. Ce seul nom donne à rêver. On me prie d'y rejoindre une délégation italienne. Cela tombe à merveille : l'invitation officielle a eu raison de mes hésitations et de l'invitation privée.

Bagdad, 25 septembre 1971

N'allez jamais à Babylone, vous y perdriez un beau rêve. J'ai connu cette perte, cette désillusion, alors que j'errais hier dans la cité mythique. Découvrir que la Babylone que je transportais en moi, avec ses fontaines, ses jardins suspendus, n'existe pas, n'existe plus, fut une expérience amère. Il paraît que les Allemands ont emporté chez eux les derniers vestiges de la ville fabuleuse. On peut les admirer dans un musée, à Berlin. En lieu et place, ils ont édifié un décor pour péplum. Par conséquent, rien pour me consoler. Ma déception était telle – et ma fureur devant cette “reconstitution” – qu'au bout d'une heure je n'aspirais plus qu'à regagner Bagdad.

Bagdad, 26 septembre 1971

Les femmes irakiennes sont, pour la plupart, d'une grande beauté. Les hommes sont beaux, eux aussi, souvent moustachus, le regard noir. Celui qu'ils posent sur les étrangères comme moi est difficile à définir ou à interpréter. Dans les souks, sur les avenues, on ne me dévisage jamais, mais je me sens l'objet d'une évaluation furtive, à chaque instant frôlée, captée par les rayons de ces faisceaux noirs.

Bagdad, 28 septembre 1971

Depuis mon arrivée ici, je croise dans les rues des femmes aux silhouettes hiératiques. Elles doivent ce port admirable à l'*abaya*, ce voile noir dont elles se couvrent pour sortir.

Bien sûr, j'étais à mille lieues d'imaginer que j'aurais moi aussi à le revêtir. Mais l'*abaya* est obligatoire pour toute femme qui pénètre dans une mosquée et le programme de cet après-midi incluait la visite de l'une d'entre elles, la plus belle, nous a-t-on dit.

Juste avant l'entrée du lieu saint se dresse une guérite où vous est remise l'*abaya*. J'ai enfilé la mienne par-dessus mes vêtements, un peu maladroite, un peu encombrée de cette ampleur noire où je devais me dissimuler. Lorsque, enfin, j'ai été couverte de mon voile, j'ai emboîté le pas à mes guides qui me précédèrent dans une vaste cour rectangulaire où des enfants batifolaient, où des groupes, des familles entières conversaient en attendant la rupture du jeûne. Car nous sommes en période de ramadan, je crois avoir omis de le signaler.

Il restait à franchir un nouveau "sas" avant de pénétrer dans la mosquée proprement dite. Devant la porte – monumentale, très ouvragée –, une autre guérite. Cette fois il s'agissait de se débarrasser de ses chaussures et de les confier au préposé. Mais je n'ai pas pu, une force inconnue me paralysait, me clouait là, à un mètre de la porte du lieu saint, m'interdisait de me déchausser. Mes amis, déjà, étaient entrés, et mes pieds refusaient d'avancer. Au contraire, ils reculaient sournoisement et, contre ma volonté, je me sentais faire marche arrière. Alors, j'ai fait volte-face et je suis allée m'appuyer à un pilier de la cour. Je tremblais, je ne comprenais pas ce qui m'arrivait mais je maudissais mes pieds qui venaient de m'interdire l'accès à la mosquée. J'ai attendu longtemps les amis que j'accompagnais. A leur sortie, ils ont dit leur étonnement que je ne les aie pas suivis. Je me suis trouvée incapable de leur fournir la moindre explication.

LES SEPT

Giulietta a droit à trois bains par semaine, autant de bains qu'elle a de filles. Ensemble, les Padovani ont débattu de cette question délicate et décidé qu'il convenait d'épargner la pudeur des éléments mâles de la famille, de les dispenser de cette tâche.

Seules Elsa, Loretta et Marietta sont donc habilitées à préparer le bain de leur mère en début de soirée, au bout de leur journée de garde, juste avant l'arrivée de l'infirmière de nuit.

Le déshabillage de la malade, première phase des grandes ablutions, se déroule rarement sans anicroche. Il n'est pas rare qu'il suscite violences et criailleries de la part de Giulietta. Car, si elle se déshabille spontanément quand la fantaisie lui en prend, elle n'apprécie guère qu'on lui ôte ses vêtements contre sa volonté. Certains jours, elle proteste un peu pour la forme mais, d'autres fois, l'opération peut tourner au pugilat. La vieille femme se défend, se débat, elle mord, elle griffe et, en même temps qu'il faut se garder d'elle, il s'agit de surveiller le niveau de l'eau qui monte dans la baignoire, sa température. Donner un bain à Giulietta n'est en aucun cas une sinécure et la demi-heure vécue avec elle dans la salle de bains est exténuante, même quand les choses se passent au mieux.

Cette semaine, ainsi que vient d'en témoigner Elsa devant ses frères et sœurs, on a frôlé le drame, on a échappé de peu à la catastrophe. Elsa explique que la sonnerie de la porte d'entrée a retenti alors qu'elle s'apprêtait à baigner leur mère. Elle ajoute que, rendue nerveuse par la résistance que lui opposait Giulietta, elle a oublié de fermer les robinets et s'est précipitée pour ouvrir, faire cesser cette sonnerie qui lui vrillait les tympans. A la porte se tenait l'infirmière qui venait prendre son service de nuit. Suivie de cette dernière, Elsa est retournée au triple galop vers la salle de bains où elle a trouvé une Giulietta affolée, qui buvait la tasse au fond de la baignoire.

— Et toi, qu'avais-tu bu dans l'après-midi ? demande Pierre d'une voix dure lorsqu'elle achève son compte rendu.

Surprise par cette si soudaine et si directe insinuation, Elsa laisse glisser son regard sur les visages de ses frères et sœurs rassemblés autour de la table. Mais tous baissent les yeux, les tiennent obstinément baissés. Elle comprend alors qu'ils savent tous et que tous, ils ont honte pour elle.

Ensuite, la parole est passée à Julius. Il relate une énième tentative d'exhibition de Giulietta, précise qu'il a réussi cette fois à la juguler. Elsa a soif, elle se damnerait pour un petit verre. Elle se sent lasse, elle cesse d'écouter : tout cela ne la concerne plus, elle a d'autres chats à fouetter, d'autres soucis que le sort de cette aliénée qui l'a agressée, lui a laissé sur le visage et les bras des traces cuisantes d'égratignures.

Il lui faut cependant patienter, demeurer là jusqu'à la fin de la séance hebdomadaire et feindre de s'intéresser aux propos tenus par les autres. Et que disent-ils ? Rien que de connu, rien de nouveau. La sempiternelle exposition des conduites aberrantes de Giulietta, de ses excentricités, de ses exactions et de ses exigences. A quoi bon se retrouver ainsi chaque samedi puisque l'on ne fait que ressasser, échanger les mêmes impressions, entonner la litanie des mêmes constats désespérants ?

Mais que dit-il, lui ? Soudain, l'attention d'Elsa se trouve happée, retenue, elle se surprend à écouter de nouveau, à écouter vraiment. Antoine raconte qu'il a découvert une boîte à chaussures remplie de bijoux sous le lit de Giulietta. Elle affirmait qu'un homme se trouvait dissimulé là, un voleur, disait-elle, criait-elle. Antoine s'est fait copieusement insulter lorsqu'il a tenté de rassurer leur mère, de la persuader qu'il n'y avait personne sous son lit.

— Lui as-tu parlé des bijoux ? demande Pierre. Les lui as-tu montrés ?

— Non, avoue Antoine. Elle était d'une agressivité incroyable, elle m'aurait arraché les yeux.

— Tu aurais dû sortir la boîte, la lui montrer. Cela l'aurait sans doute calmée.

— Pas sûr, dit Marietta. Elle ne pensait pas aux bijoux. C'est elle qui a dû les cacher là. Elle cache quantité de choses, mais elle oublie où. Elle est tout à fait incapable de se souvenir de ses cachettes.

Bien sûr, Marietta songe aux carnets bleus découverts dans la souillarde. Mais elle se garde bien d'évoquer cette trouvaille. C'est trop tôt ou trop tard, elle avisera le moment venu. Si le moment vient.

— Je ne comprends pas, dit Julius. Il y a bien une femme chargée du ménage à La Villa, n'est-ce pas ?

Marietta confirme : une femme vient chaque matin s'occuper du ménage entre neuf et onze heures. Elle a d'ailleurs fort à faire, la malheureuse. Si elle n'a pas touché aux bijoux de leur mère, c'est qu'elle est soit très honnête, soit très négligente.

Voilà qu'ils vont maintenant s'interroger sur la probité de la femme de ménage, ses performances professionnelles. Elsa n'en peut plus de cette séance qui s'éternise, elle jette un coup d'œil à sa montre, soupire.

Dans un moment, ils vont se séparer et elle rentrera chez elle tellement épuisée qu'elle s'affalera devant la télévision sans avoir trouvé le courage de préparer un dîner pour les siens. Bien sûr, Alberto se chargera de nourrir les petits, de les mettre au lit, comme à l'ordinaire. C'est un bon père, Alberto. Et aussi un bon mari. Tout le monde s'accorde à chanter ses louanges, il ne se passe pas de jour sans que quelqu'un lui dise, lui répète quelle chance elle a d'avoir un mari tel qu'Alberto à la maison, un homme capable de pallier ses défaillances et de pourvoir à tout.

Elle ne conteste pas l'excellence d'Alberto, Elsa, elle convient volontiers qu'il est la bonté, l'efficacité mêmes, et que sans lui… Car elle est la seule à savoir qu'entre eux le fil se tend chaque jour davantage et qu'il est prêt à se rompre. Un soir, en son absence – elle sera encore à traîner dans un bar, à s'imbiber, à noyer son chagrin –, Alberto tombera sur une des bouteilles qu'elle dissimule dans les recoins de la maison, il trouvera un flacon vide ou encore plein à demi, ses yeux se dessilleront d'un coup et c'en sera fini de sa patience et de son abnégation, c'en sera fini du couple qu'ils forment depuis quinze ans. Elle se retrouvera seule comme tant d'autres, on l'accusera d'indignité et on finira par lui retirer ses petits. Tout ça parce que Giulietta l'a abandonnée pour se réfugier dans la folie. C'est trop injuste. Est-ce sa faute si, pour survivre, elle s'est réfugiée, elle, dans les vapeurs de l'alcool ?

ANTOINE

Antoine a des problèmes d'argent, des problèmes qui s'aggravent de semaine en semaine, de jour en jour. Il est couvert de dettes, la valse des huissiers s'accélère, traites, citations, découverts, il ne peut plus faire face. Son banquier le menace d'interdiction bancaire. Sous peu, ce sera le dépôt de bilan et, à brève échéance, le redressement judiciaire. Il a si souvent "tapé" ses amis qu'il n'ose plus les solliciter, leur demander de le renflouer, fût-ce pour assurer les dépenses du quotidien.

Antoine souffre d'une incapacité quasi pathologique à gérer cet aspect de sa vie : ses affaires, son budget, mais ces mots n'ont guère de sens pour lui. Ses dépenses ont toujours excédé ses gains. Il ne peut résister à ses désirs qui le portent à convoiter les belles choses et qu'il lui faut assouvir séance tenante. Le mois dernier, il s'est offert une voiture de sport, un magnifique petit bolide. Il y a trois mois, c'était un bateau. Le luxe est son péché mignon, ce qui le mènera – est en train de le mener – à sa perdition. Le goût du luxe est une maladie qu'il a contractée dès l'enfance, par contamination, au contact de Giulietta. Longtemps, il a vécu près d'elle dans l'insouciance que procure l'argent facile, celui dont on ignore la provenance. La manne semblait tomber du ciel, il n'y avait pas à s'en préoccuper, à compter.

Sa mère a fait en sorte de les élever dans l'opulence, lui et ses frères et sœurs. Ils ont grandi dans une atmosphère de richesse et d'abondance, entourés de meubles de valeur, de beaux objets, de belles étoffes. Ils ont été gâtés, choyés de façon éhontée, ils n'ont rien désiré qui ne leur soit aussitôt accordé. Ils ont eu ce qu'on appelle une jeunesse dorée. C'était la fierté de Giulietta d'assurer le superflu aussi bien que le nécessaire à ses enfants.

Antoine s'est uni à Livia, il y a tout juste huit ans. C'est dire qu'il n'était déjà plus un jeune homme à l'époque des épousailles. Livia a été éblouie par la vie fastueuse, presque princière, que menait ce célibataire, patron d'entreprise de surcroît. De ces fastes, elle a voulu sa part et elle n'a eu de cesse qu'elle ne l'obtienne. Il lui a été plutôt aisé de séduire Antoine, de le convertir peu à peu à l'idée du mariage : lui-même considérait qu'il avait amplement joui du célibat et qu'il lui fallait faire une fin, se caser. Alors celle-ci ou une autre... Dès lors que convoler ne changerait rien à son style de vie, à ses habitudes dispendieuses, il était prêt à sauter le pas. Ils le sautèrent donc.

Et donc huit années viennent de s'écouler, trois enfants leur sont nés, sans que le second des Padovani ait renoncé aux dépenses somptuaires et aux plaisirs d'une existence facile, futile.

Mais l'argent n'entre plus dans les caisses : la banqueroute était inévitable, elle a fini par sanctionner la déplorable gestion de l'entreprise que dirigeait Antoine. Et il n'est pas homme à se retourner contre son fondé de pouvoir, son directeur ou ses conseillers, il a encore assez de probité, de lucidité, pour savoir que toute la responsabilité de l'échec lui incombe. Il n'accusera personne, il est le seul coupable. Il lui faut admettre que le flux s'est tari, que demain il se retrouvera acculé à la faillite. La ruine et le déshonneur le guettent, il en est parfaitement conscient.

Par le passé, il a déjà connu des alertes et même des alarmes de ce type. Mais autrefois, quand Giulietta disposait de toutes ses facultés et tenait les rênes en maîtresse femme, tout était simple et se réglait sur l'heure. Il suffisait à Antoine de s'adresser à sa mère, de l'entretenir de ses difficultés : elle lui signait un chèque sans barguigner et le tour était joué.

Combien de fois l'incorrigible Antoine a-t-il ainsi été remis à flot par Giulietta, impossible de le préciser. Chacun de ces "sauvetages" se concluait de la même façon : il remerciait sa mère de lui ôter une épine du pied, elle rétorquait qu'elle aimait ça, ôter les épines des pieds, qu'elle possédait les instruments *ad hoc* pour se livrer à cette petite intervention – elle montrait le stylo, le carnet de chèques – et ils en riaient ensemble, comme d'une bonne blague.

Aujourd'hui, Giulietta ne sait plus rire ainsi avec Antoine, ni avec quiconque du reste. Son rire, quand elle rit encore, ne permet pas le partage, il exclut la joie, la complicité, c'est une affreuse contrefaçon des rires anciens, un souffle glacé qui sort de cette bouche grimaçante et qui vous pétrifie.

Antoine sait qu'il ne pourra longtemps vivre des expédients auxquels il a eu si souvent recours. Mais comment colmater les brèches, échapper à la déroute, au désastre ?

Il y a peut-être ces bijoux, sous le lit de Giulietta. Après tout, c'est elle qui leur a inoculé cette passion fatale pour le luxe, c'est elle qui les a dressés à préférer en tout le meilleur et à vivre chaque instant comme une fête. D'une certaine façon, elle a sa part dans la débâcle qui l'emporte aujourd'hui.

Depuis qu'il les a trouvés, touchés, ces bijoux l'obsèdent. Comment s'empêcher de penser qu'ils pourraient assurer son salut ? Pourtant, il ne perd pas de vue qu'ils ne lui appartiennent pas. Lorsqu'il les a découverts, Antoine s'est senti pris de vertige : pendant une fraction de seconde il a été tenté de se les approprier. Il ne l'a pas fait, il a même signalé aux autres leur présence, leur existence. On peut certes lui reprocher d'être un homme léger, un individu qui s'est conduit avec la plus grande inconséquence et a dilapidé son patrimoine. En aucun cas cependant il n'agira au détriment de ses frères et sœurs, il ne cherchera à les spolier.

Mais l'idée de ce trésor qui dort dans une boîte de carton ne lui laisse pas de repos. Jamais plus Giulietta ne portera ses bijoux, se dit-il. Il y a dans ce carton à chaussures des diamants, des émeraudes, des rubis, des pièces de belle facture, d'une valeur inestimable. Il y a une fortune sous le lit de sa mère. Divisée en sept, la part de chacun serait encore considérable. Si seulement Giulietta était en mesure de partager ces joyaux entre ses enfants, Antoine serait tiré d'affaire. Au moins pour un temps. Mais il n'y faut plus songer puisque la vieille femme a été mise sous tutelle voici plus de trois ans. Il faudrait convoquer le conseil de famille, informer ses frères et sœurs de l'état désespéré de ses finances, ce à quoi il se refuse.

Il en vient alors à imaginer la mort comme seule issue. La mort de Giulietta, bien sûr, utile, libératrice, "payante" en quelque sorte. Mais, en dépit de sa démence, la vieille femme est habitée par une telle énergie qu'elle peut durer longtemps encore. Alors, une autre mort peut-être, la sienne : le canon froid d'un revolver sur sa tempe, le courage d'un doigt, un seul doigt qui appuierait sur la détente, et c'en serait fini pour lui de tous les ennuis.

GIULIETTA

Je vais mourir… Seule… comme lui… comme lui… mon garçon… le cinquième. Je saurai comment c'est… mourir étouffé dans son lit… si petit… si seul. Et moi, à côté… à me disputer avec l'homme… son père qui buvait… buvait. Pendant que je me disputais… il mourait… seul..

Ils ne savent pas… ils ne sauront pas… jamais J'ai mes secrets, qu'est-ce que vous croyez ?… Des fois, je compte… je sais compter avec mes doigts… J'ai dit, toujours j'ai dit sept péchés, quatre garçons… il y avait un doigt qui ne voulait pas se laisser compter… j'ai dit trois filles… ils m'ont crue. Le compte n'était pas bon… pas juste… Mais ils ne savent pas… ils ne sauront pas.

C'est moi qui décide… je suis la plus forte, oui ou non ? Oui ?… C'est bon, vous êtes très aimable, monsieur… Asseyez-vous que je vous raconte l'histoire du petit doigt mort… du petit enfant mort… Il était à moi, vous savez… mon cinquième garçon. Mais je l'ai laissé mourir… seul… parce que son père buvait…

Je l'ai quitté… lui et sa bouteille… J'ai pris les quatre garçons que j'avais… qui me restaient… et je suis partie loin de l'homme qui buvait… je l'ai laissé avec sa bouteille. La suite… vous voulez savoir la suite… vous êtes bien curieux, monsieur. La suite, c'est quand les trois filles sont arrivées… vous savez bien… vous les connaissez mes petites poupées…

Trois belles enfants… et jamais plus d'alcool dans ma maison. C'est défendu… Celui qui s'avise de mettre une bouteille de vin sur ma table… je le jette dehors… je l'envoie au diable… Sûr que le diable est un poivrot… il boit, il boit… il donne le mauvais exemple… il entraîne tous ces malheureux dans son enfer… Vous n'êtes pas de mon avis, monsieur ?... Allons, donnez-moi un petit verre d'eau... j'ai soif, soif...

Mes petits, je les nourrissais... moi-même, moi seule... je les nourrissais... Je ne montre pas mes seins aux hommes... moi... monsieur... Mes seins... ils étaient pour mes petits. Je leur donnais mon lait... je leur ai tout donné, vous savez, monsieur...

PIERRE

Il sait que sa sœur Elsa boit et pourquoi elle boit.

Il sait aussi pourquoi Giulietta a toujours eu l'alcool en si grande aversion. Cette raison lui est apparue d'un coup quand l'enquête qu'il mène depuis des années pour retrouver son père a enfin abouti.

A plusieurs reprises, il s'est rendu en France. Ses frères et sœurs ne savent rien de ces démarches, de ses fréquents séjours dans le pays de sa naissance, même Frédéric qui partage ce père inconnu avec lui. Pendant des mois, il a conduit son investigation avec rigueur, avec cet acharnement qui lui ressemble. Jamais il ne s'est découragé, la mission qu'il s'était fixée – découvrir la trace de l'homme qui l'avait engendré – lui insufflait les forces nécessaires, le propulsait toujours plus avant, vers le but à atteindre.

Il est arrivé trop tard, son père venait de mourir d'une cirrhose. C'était déjà une indication. Il l'a obtenue de l'homme qui était là, un frère du défunt, son oncle par conséquent. Un étrange personnage, celui-là, qui semblait ne s'étonner de rien, pas même de voir surgir du néant cet étranger qui se justifiait d'une hypothétique filiation pour poser des questions, demander encore et toujours des éclaircissements. Ces éclaircissements, l'individu les a néanmoins fournis sans se faire prier le moins du monde. Il était disert et paraissait avoir vécu en grande proximité avec le disparu. Pendant des heures, Pierre l'écouta comme il aurait écouté l'oracle.

Bien sûr, il avait connu cette Italienne très belle, très excentrique, dont son frère s'était amouraché jadis. Une femme libérée, sans attaches, qui venait de débarquer des Etats-Unis avec deux bambins. Marc s'en était épris dès leur première rencontre, un matin, dans ce café où elle faisait boire un chocolat chaud à ses enfants. Lui, Marc, se tenait au comptoir, occupé à écluser ses premiers verres de la journée.

— Son regard allait sans cesse à la femme attablée avec les petits. A la fin, il s'est décidé, il est allé vers elle, a engagé la conversation. Il se liait facilement votre… enfin, Marc, vous savez. L'Italienne ne parlait pas le français, mais mon frère savait un peu d'anglais. Avec ça, ils ont fait leurs premiers pas. Votre… enfin, Marc, a appris qu'elle arrivait tout juste à Paris mais qu'elle n'y connaissait personne. Elle voulait travailler, seulement voilà, elle n'avait aucune qualification et elle ne parlait pas la langue. Marc a été touché, surtout qu'elle était jeune et belle, vous comprenez. A l'époque, il avait un petit atelier d'imprimerie. Il lui a proposé de l'embaucher, elle a accepté sans hésiter. Il lui a proposé de l'héberger avec ses marmots et elle a accepté pareillement. Je m'excuse, mais elle n'était pas très farouche, votre mère, enfin, c'était une femme qui n'avait pas froid aux yeux. C'est comme ça que l'histoire a commencé.

Pierre voulut savoir comment elle avait continué et l'homme poursuivit son récit.

— Moi aussi, j'étais employé à l'imprimerie. Je travaillais coude à coude avec Giulietta, je l'observais : elle avait du courage, du cœur au ventre, aucune tâche ne la rebutait et elle progressait de jour en jour. Je voyais aussi qu'ils s'aimaient, Marc et Giulietta, ça sautait aux yeux. Très vite, ils ont eu leur premier enfant, vous, je crois, Pierre…

n'est-ce pas ? Et puis Frédéric est venu au monde. L'année suivante, Giulietta a accouché d'un troisième garçon, Nicolas.

Ici, Pierre a coupé le fil du récit. Redressé, haletant, il a demandé, il a bafouillé :

— Quoi ? Qu'est-ce que vous dites ? Vous êtes sûr ?

— Parfaitement. Pourquoi ? Vous n'étiez pas au courant ?

— N... Non...

— C'est parce que le bébé est mort, sans doute...

— Mort ? Mais comment ? Pourquoi ?

— Est-ce qu'on sait ? La mort subite du nourrisson, probablement. Il est mort dans son berceau, un soir, pendant que vos parents se disputaient.

— Pourquoi se disputaient-ils ?

— Parce que Marc buvait. Ils se disputaient sans cesse, toujours à cause de l'alcool. Mon frère était un chic type, même s'il biberonnait pas mal. Giulietta aurait dû le savoir. Après tout, c'est un pilier de bar qui l'avait accostée le premier jour. Enfin... Toujours est-il que la mort du petit Nicolas a précipité les choses, elle ne pouvait pas pardonner à Marc, comme s'il avait lui-même étouffé le bébé. Trois jours après, elle a pris ses cliques et ses claques et elle est partie avec ses quatre garçons, les deux “Américains” et les deux “Français”.

Cette confession qu’il a reçue de la bouche d’un vieux type sympathique, son oncle, Pierre l’a gardée par-devers lui. La vérité sur son père, qu’il brûlait de connaître, il la détient enfin. Il la détenait bien avant que Giulietta ne perde la raison. L’autre révélation, celle à laquelle il ne s’attendait pas, cette histoire d’enfant mort, il ne l’a toujours pas livrée à ses frères et sœurs. Le dire, ce serait détruire le mythe séduisant des sept péchés capitaux si cher à leur mère qui leur a menti, qui en a escamoté un, le huitième, le mort. S’ils avaient pris la peine de compter, s’ils ne lui avaient pas fait une confiance aveugle, ils auraient compris, ou à tout le moins auraient-ils douté. Car il y a vingt-quatre mois de différence, et non pas douze, entre Frédéric et Elsa, la première des filles. Entre Frédéric et Elsa, il y a une omission, la béance d’un mensonge, un trou, celui où repose le petit Nicolas, là-bas, dans un cimetière de la banlieue parisienne.

Si Pierre persiste à se taire, c’est aussi faute de pouvoir décider si sa mère est à blâmer ou à plaindre. Il s’interroge pourtant continûment. Quand vient son tour de garde et qu'il se retrouve face à cette loque, Giulietta, les confidences de son "oncle" parisien lui reviennent, des lambeaux de phrases qui le crucifient. "Marc… occupé à écluser ses premiers verres de la journée… Cette Italienne très belle, très excentrique… Une femme libérée, sans attaches… Avec ça, ils ont fait leurs premiers pas… Elle n'était pas très farouche, votre mère…"

Il regarde sa mère, pauvre vieille tassée au fond d'un fauteuil, qui ronfle ou grimace dans son sommeil. Est-ce bien de cette femme qu'il fut question naguère dans un appartement étriqué de Paris ? Il a bien du mal à faire coïncider l'image de la femme magnifique, courageuse, évoquée là-bas, et celle de la Giulietta décatie, pathétique, qui s'offre à ses yeux.

Au fond, se dit-il, c'est maintenant qu'elle est "libérée" et vraiment "sans attaches", maintenant qu'elle ne nous reconnaît plus, qu'elle nous a oubliés comme elle a oublié le petit mort parisien.

Dans un instant, elle va se réveiller, l'apostropher en l'appelant "monsieur" et multiplier les caprices qu'il s'efforcera, s'empressera de satisfaire. Il se peut aussi qu'elle se lance dans un discours en charpie qu'il sera néanmoins urgent de décrypter pour ne point l'irriter, une fable de sa nouvelle manière.

Au fond, se dit-il, elle a toujours été une menteuse de génie, une amoureuse de la fiction, en un mot, une romancière.

Dès lors, Pierre ne regarde plus sa mère : il a devant lui une femme déjà devenue fictive et, à ce titre, elle n'encourt aucun blâme, ne réclame aucun pardon.

JOURNAL DE GIULIETTA

Fragments

Londres, 25 juin 1975

Le temps ne change rien à l'affaire : l'âge ne m'a pas assagie. Je poursuis sur ma lancée, comme à vingt ans. Un homme passe, il me plaît, je le prends. Ou plutôt il me prend et m'emmène. Cette fois, en Angleterre.

Quand je suis au loin – comme ici, à Londres –, amoureuse et désirante, je me demande souvent pourquoi j'ai quitté La Villa où je suis si bien avec les enfants.

Londres, 26 juin 1975

Je m'éloigne peut-être pour leur ménager plus de liberté, afin qu'ils jouissent de ma non-présence. Et puis les retrouvailles après quelques jours de séparation sont si chaleureuses, de vraies fêtes !

Mais pendant qu'il pleut ici, comme de juste, les enfants s'ébattent dans la mer, sans moi. Ah ! vraiment, je regrette. Je regrette d'autant plus qu'après une semaine de romance et de galipettes, l'homme de Londres a cessé de m'intéresser.

Inutile de me le dissimuler plus longtemps : aucune de mes expériences amoureuses, même celles qui furent porteuses de conséquences – les enfants –, ne m'a procuré la plénitude que je trouve dans une heure d'écriture. Par conséquent, en finir avec les aventures sans lendemain et les autres…

Demain, c'est promis, je rentre à la maison.

Portofino, 5 juillet 1975

Début de roman. Comme chaque fois, je jubile car j'entre dans un monde qui n'attend que moi pour exister. Pour l'heure, une ébauche seulement, quelques pages noircies mais qui vibrent déjà des vies à venir, des visages, des esprits et des corps que je vais animer.

Du matin au soir, je me tiens rivée à mon bureau comme si l'on m'y avait enchaînée, ligotée. En vérité, l'enthousiasme, l'excitation et la passion que j'éprouve à écrire constituent les seules chaînes, les seuls liens qui m'attachent à cette table.

Cette fois, je le jure, je m'enferme à La Villa et n'en sortirai que lorsque j'aurai mis le point final à ce livre. Pas de visites, pas d'amants, pas de distractions, aucune perte de temps. Je ne tolérerai que les enfants autour de moi et encore faudra-t-il qu'ils soient discrets. Mais ils ont l'habitude...

Milan, 12 septembre 1975

A Naples, on célèbre les soixante-quinze ans de mon père, et je n'y suis pas. Requise encore une fois par les obligations professionnelles, sommée par les trompettes de la renommée, j'ai cédé, je suis venue ici faire mon numéro de singe savant. Le roman en train est pourtant loin d'être achevé. Je n'aime pas ce côté versatile de ma nature. Mais j'ai beau m'en méfier, me semoncer, me fustiger, il a toujours le dessus : je continue à répondre aux sollicitations diverses dont je suis l'objet, j'accepte les invitations, les distractions. Connaître et mesurer ses travers n'en garantit pas le redressement.

Je ne peux me pardonner de n'être pas à Naples aujourd'hui.

Portofino, 28 novembre 1975

Fin du roman et envoi du manuscrit à mon éditeur : la routine. De même, l'habituelle baisse de moral, la petite dépression qui m'affecte lorsque j'achève un livre et me sépare de mes chéris d'encre et de papier, mes personnages. En l'occurrence, bien que le phénomène se renouvelle à chaque ouvrage, ce n'est pas là de la routine, mais bel et bien du chagrin. Pendant des jours, des semaines peut-être, je vais me sentir endeuillée. Que les autres se garent de moi, je ne serai pas à prendre avec des pincettes.

Portofino, 6 mars 1976

Mariage de Julius, mon aîné. J'y assiste sans enthousiasme. La mariée me paraît bien pincée, dépourvue de toute forme de spontanéité ou d'élan. Déjà quand je l'observais pendant la période des fiançailles, je la trouvais plutôt rabat-joie. Cette Eléonore n'est pas celle dont je rêvais pour Julius. Pas mon genre du tout. On verra ce que durera cette union.

Une petite consolation cependant au cours du banquet de noce : Marietta est venue me souffler dans l'oreille que, quant à elle, elle ne se marierait jamais. Telle mère, telle fille. Nous en avons ri ensemble sous nos capelines dont les bords s'entrechoquaient.

Portofino, 18 août 1978

Une saison d'oisiveté, de farniente. Des baignades, encore des baignades dans la chaleur de l'été. Le soir, la tête me tourne de tant de lumière, de tant de joies et de rires partagés. Les enfants, beaux, dorés comme autant de fruits gorgés de soleil.

Chaque jour, remercier le ciel pour tous ces cadeaux, ces dons. Se garder de l'illusion que ces bonheurs nous sont dus, qu'ils dureront toujours, goûter tous les sucs de la vie, s'en délecter. Ne jamais s'habituer. L'habitude du bonheur est la mort du bonheur.

Portofino, 30 novembre 1978

Longue période d'impuissance créatrice : je n'écris plus depuis des mois.

Certains jours, la morosité me gagne, mais j'essaie de m'en défendre, je me tance : Ne panique pas, Giulietta, la grâce reviendra, souviens-toi que tu as déjà traversé de ces mauvaises passes.

Curieusement, je pense aux "pannes sexuelles" de quelques hommes que j'ai accueillis dans mon lit. Leur impuissance momentanée les angoissait, les rendait malheureux, agressifs parfois. Il fallait les rassurer, les consoler, les persuader que, justement, la chose était momentanée, qu'ils ne devaient pas douter de leur virilité. Je vois quelque similitude entre les "passages à vide" de ces amants depuis longtemps oubliés et celui que je vis présentement.

LES SEPT

Marietta annonce qu'Antoine s'est excusé par téléphone : il ne viendra pas, il est souffrant. Cette défection étonne, c'est la première qu'on ait à déplorer depuis que sont devenues rituelles ces séances du samedi soir.

Frédéric vient d'entrer, plus sombre et plus fermé que jamais. Il se borne à saluer d'un geste ses frères et sœurs assemblés autour de la table, puis se plante devant la fenêtre ouverte. Il leur tourne le dos, il reste là, immobile, à fumer en regardant la rue.

Les autres ont compris qu'il portait un poids trop lourd pour lui et qu'ils avaient à se montrer patients. Au bout d'un moment cependant, ils l'ont appelé, l'ont prié de les rejoindre.

Alors ils ont vu son visage creusé, ses yeux éteints : à l'évidence, il filait un mauvais coton.

— Que se passe-t-il ? lui a demandé Marietta. Tu as une mine de déterré aujourd'hui…

C'était sans doute la dernière chose à dire car, à l'énoncé de cette phrase, Frédéric s'est effondré : ces traits convulsés par la douleur, ces larmes, les autres n'ont pu supporter. Ils ont détourné leurs regards, attendu qu'il se calme. Ils étaient effarés, jamais ils n'avaient vu leur frère se comporter de la sorte.

Frédéric a fini par se reprendre. Il s'est excusé, il a tenté de s'expliquer, il le fallait bien. D'abord, il a rappelé aux autres qu'il était aujourd'hui auprès de Giulietta. Cela, ils le savaient, ils en exigeaient davantage.

— Oui, mais encore ?

— Que s'est-il passé ?

— Parle, Frédéric, parle…

On le pressait de tous côtés, on l'encourageait, il ne pouvait plus reculer : il a plongé.

Les mots lui venaient lentement comme s'il avait à les débusquer dans le lexique d'une langue étrangère avant de les prononcer.

Néanmoins, il racontait.

Il disait cette gentillesse insolite, inquiétante de Giulietta, tout à l'heure, tandis qu'elle évoquait devant lui son cinquième garçon, un enfant mort en bas âge, étouffé. Il disait ses allusions à l'homme qui buvait, le père.

Il a dit son incrédulité, puis son horreur croissante à écouter ce récit qui, bien que décousu, n'en était pas moins compréhensible.

Les coudes en appui sur la table, la tête entre les mains comme s'il craignait qu'elle n'éclatât, il poursuivait sa relation :

— Pendant qu'elle me parlait, elle comptait les doigts de sa main droite… mais elle tenait son auriculaire replié vers sa paume… Elle répétait que ce doigt ne voulait pas se laisser compter parce qu'il figurait le bébé mort. Je ne sais pas… J'étais bouleversé… le son de sa voix, l'expression de son visage… J'avais l'impression qu'elle ne m'abreuvait plus de ces élucubrations auxquelles elle nous a habitués, mais qu'elle exhumait un pan douloureux de son existence, une histoire terrible… C'est idiot peut-être… c'est impossible, mais tout le temps qu'elle parlait, qu'elle me le montrait, ce petit doigt qui refusait de s'aligner avec les autres semblait dire vrai…

— Ce n'est pas idiot, ce n'est pas impossible, Frédéric. C'est la vérité.

Pierre a pris la parole. Par compassion d'abord : ce faisant, il sait qu'il dispense son frère d'aller plus avant dans sa pénible confession. En outre, il vient de décider que le moment est venu de se soulager lui-même du secret qu'il porte depuis si longtemps.

Tous les regards sont fixés sur lui désormais. Les autres sont dans l'expectative, ils attendent qu'il justifie son intervention.

Parce qu'il sent qu'un préambule serait à tous secourable, il déclare qu'à trop garder la vérité dans la coulisse, on finit par la fâcher. Tôt ou tard, il faut l'inviter à venir sur scène, à se présenter en pleine lumière.

— Je vous avertis, ajoute-t-il, ce spectacle risque de vous heurter, mais la vérité est là, nous ne pouvons plus nous voiler la face. Notre mère n'a pas mis sept enfants au monde comme elle l'a toujours prétendu. Il y a eu un cinquième garçon, il est né à Paris, tout comme Frédéric et moi-même.

Pierre s'est levé, il vient se placer dans l'axe de Frédéric, de l'autre côté de la table. Il veut lui faire face alors qu'il s'adresse à lui, à lui seul maintenant :

— Je suis désolé, mon vieux. Elle te l'a dit, notre père était un alcoolique, c'est pourquoi elle l'a quitté. D'ailleurs, il a été emporté par une cirrhose.

Frédéric ne réagit pas. En revanche, Marietta demande :

— Mais comment as-tu appris tout cela ?

— J'ai mené ma petite enquête. Même si vous ignoriez le motif de mes voyages, vous savez que je suis allé en France à maintes reprises. Là-bas, j'ai fini par dénicher un vieux type, le frère de notre père. L'homme n'avait rien oublié, il m'a livré ses souvenirs sans faire de difficultés. Il m'a parlé de cet enfant, Nicolas, de la rupture de nos parents…

"Nos parents…" Ces derniers mots sonnent étrangement aux oreilles des sept Padovani. Même Pierre, qui vient de les prononcer, les trouve incongrus. Et pour cause : tous autant qu'ils sont autour de cette table n'ont jamais eu qu'une mère. Un silence s'installe comme si l'expression employée par Pierre nécessitait cette qualité de recueillement qu'impose d'ordinaire l'invocation d'un nom sacré.

Pierre a le sentiment d'avoir commis une faute de goût, une indélicatesse. Il se tait.

Ils se taisent à l'unisson, écoutent battre les ailes de l'ange qui passe dans la pièce et plane au-dessus d'eux.

Il fait chaud, Elsa a soif. Si l'hôtesse était l'une de ses belles-sœurs, elle aurait quelque scrupule à lancer l'invitation, mais puisque c'est Marietta qui reçoit aujourd'hui le clan, elle suggère sans façon :

— Et si on se désaltérait maintenant ?

Les deux sœurs disparaissent en direction de la cuisine. Peu après, elles en ramènent un plateau chargé de verres et de bouteilles. Par bonheur, chez Marietta l'alcool n'est pas interdit et voisine avec les rafraîchissements inoffensifs.

Atavisme ou provocation, Frédéric désigne la bouteille de rhum quand vient son tour d'être servi.

— Tu es sûr ? demande Marietta qui s'étonne de ce choix : d'habitude, son frère observe une stricte abstinence.

Il confirme d'un mouvement de tête.

Il sera le seul avec Elsa à préférer un alcool. Les autres s'en tiendront comme à l'ordinaire aux jus de fruits ou à l'eau.

MARIETTA

Les carnets bleus qu'elle a subtilisés dans la souillarde de La Villa sont toujours dans un tiroir de son secrétaire. Hier, pendant que les autres étaient là, elle aurait pu les sortir, les poser sur la table. Ils auraient circulé de main en main, chacun en aurait lu quelques passages, l'un d'entre eux aurait peut-être demandé à les emporter pour les lire dans leur totalité. Mais elle ne les a pas sortis.

Elle se trouve des excuses, des justifications, Marietta. Révéler l'existence de ces carnets, les montrer, ç'aurait été jeter un pavé dans la mare. Après le laïus de Pierre, les autres étaient déjà bien assez mortifiés, elle n'a pas eu le cœur d'en rajouter, de leur assener un nouveau coup.

Il a la manie de philosopher, Pierre, et le pire est qu'il n'hésite pas à mettre ses idées en pratique. Oui, vraiment, il en a de bonnes, le Pierrot : cette façon de braquer les pleins feux sur la vérité, de l'inviter à s'exhiber sur la scène, aussi choquante et affreuse soit-elle, et d'attendre qu'on applaudisse… On est bien avancé maintenant qu'il lui a permis de faire son petit numéro.

Marietta s'entend comme pas une à s'accommoder de ses contradictions. Elle sait qu'elle est la première à préconiser la vérité – cette transparence qui lui est si précieuse – et ce, autant que la conjoncture ou les circonstances le permettent. Mais aujourd'hui, elle a rejeté cette exigence dans les oubliettes de sa conscience ou peut-être estime-t-elle que la "conjoncture", les "circonstances" n'étaient pas favorables. Elle ne se sent aucunement coupable de rétention : cette vérité-là ou plutôt ces vérités qui gisent entre les pages du journal de Giulietta, elle a décidé de les garder encore un peu à l'abri, enfouies au plus obscur de son tiroir, au plus obscur de son âme.

C'est une femme vivante, aimante, exaspérante qui a jeté ces notes sur le papier au fil des jours, des mois, des années. Pas très rigoureuse, toutefois, ni ponctuelle dans la tenue de son journal, Giulietta. Il y a des temps morts, des plages blanches, de longs silences : sans doute, dans ces périodes, ne se passait-il rien qu'elle éprouvât le besoin de consigner dans ses carnets.

C'était une voyageuse qui, à chaque voyage, regrettait d'être partie et n'aspirait qu'au retour.

C'était une amoureuse qui aimait vite et mal, qui se donnait et se reprenait dans le même mouvement.

C'était un esprit qui connaissait ses failles et ne craignait pas de les pointer, de s'en moquer, de se les reprocher.

L'un après l'autre, par un jeu de l'esprit, Marietta convoque ses frères et sœurs, les soumet, les confronte à la lecture des carnets, s'amuse à imaginer leurs réactions. Après tout, cet exercice n'est pas plus bête qu'un autre, en tout cas un passe-temps : c'est dimanche, elle est seule et vacante, elle peut s'y livrer à loisir.

Voyons voir…

Pour ce qui concerne Frédéric et Pierre, elle ne peut risquer aucun pronostic valable : ces deux-là sont trop imprévisibles, trop secrets. Elle donne sa langue au chat.

Antoine ? En homme pressé qu'il est, il foncera selon toute probabilité entre les pages comme au volant de sa voiture de sport, sans rien voir des régions qu'il traverse, sans considération pour la nature du texte, soucieux seulement de la performance à réaliser. Ensuite, il se vantera d'avoir lu le tout en moins d'une heure.

Julius ? Elle peut parier que certaines phrases le mettront à la torture. Son vieil amour pour Giulietta, ses vieilles jalousies lui feront saigner le cœur.

Elsa ? Elle boira chaque ligne du journal comme du petit-lait. Elle les relira jusqu'à y trouver la consolation que l'alcool ne lui apporte pas, elle les relira jusqu'à l'ivresse. Il faudra lui arracher les carnets pour les passer à Loretta.

Telle qu'elle est, Loretta pourrait bien refuser de lire le journal de sa mère au prétexte que, sans le consentement de l'intéressée, on n'a pas le droit de forcer son jardin secret. C'est une expression chère à Loretta, "jardin secret", elle montre une propension regrettable à utiliser des clichés, la petite. Marietta la voit très bien repousser les carnets de ses blanches mains, s'en détourner avec son air de madone outragée.

Et elle, Marietta ? En effet, pour être honnête, il s'agit de boucler le tour de table et de s'interroger aussi : qu'a-t-elle éprouvé à cette lecture ? A chaque page, elle a salué la lucidité, l'humour de sa mère, elle a admiré son courage.

Car Giulietta est partie de rien – son enfance dans un quartier misérable de Naples qu'elle évoquait si souvent – pour réussir une ascension foudroyante, devenir la célèbre Giulietta Padovani.

Quelle image de sa mère retire-t-elle de son immersion indiscrète dans ces carnets ? A coup sûr, celle d'une femme magnifique, "désirante", généreuse, d'une figure féminine hors du commun qui lui a servi de modèle, avec laquelle elle s'est toujours sentie en complicité. Elle est fière de cette femme-là, fière d'être née de sa chair, de transporter ses gènes. Oh, pas tous, oh, très peu, Marietta en a pleinement conscience. Si Giulietta lui avait tout transmis, elle serait son clone, elle serait, comme elle, une personnalité remarquable. Mais elle n'est qu'une femme ordinaire, Marietta, et elle le sait. A l'inverse de sa mère, elle n'a rien créé, elle ne laissera ni œuvre ni descendance. Elle mène une existence banale, chaque jour elle ouvre son agence immobilière, elle visite des maisons, elle reçoit des clients. Certains après-midi, elle s'accorde une pause et consacre quelques heures à une partie de jambes en l'air avec son amant du moment. Bref, sa vie ne lui donne aucun motif de pavoiser. Ni de se plaindre, au demeurant. Si elle n'était pas la fille de Giulietta Padovani, si elle ne commettait pas l'imprudence d'oser, parfois, la comparaison, elle ignorerait l'envie et ce sentiment qu'elle a, de loin en loin, d'être une ratée.

Elle aurait volontiers passé encore des nuits blanches sur les carnets de Giulietta s'ils avaient été plus nombreux, si elle en avait trouvé d'autres à La Villa. Dans cet espoir, elle a exploré les tiroirs, les placards, les armoires, mais rien : elle a fait chou blanc. Il n'est toutefois pas impossible que des journaux antérieurs à ceux qu'elle détient existent. Dans ce cas, Giulietta les aura déposés avec ses manuscrits dans un coffre, à la banque, il y a beau temps. Ou peut-être les a-t-elle détruits.

C'est dommage, songe Marietta dans cet après-midi de dimanche qui s'achève, c'est bien dommage…

GIULIETTA

Pourquoi ?... Pourquoi ?... Le monsieur ne vient plus... c'était mon amoureux, je l'aimais bien... Il y a une dame à sa place... Je ne connais pas cette tête... elle ne me plaît pas. Je n'aime pas les têtes nouvelles... je veux que le monsieur revienne...

Je lui ai montré mes bijoux... Qu'est-ce que vous croyez... j'ai plein de bijoux... je les mettais à mes doigts... à mon cou... à mes oreilles... J'étais plus belle que la reine de Naples...

Il faut des robes aussi... pour être belle... on met la blanche, ou la rouge, ou la bleue... et les hommes vous regardent... Maintenant, je n'ai plus de robes... elles se sont envolées par la fenêtre... frrrou... frrrou... comme de grands oiseaux... un blanc, un rouge, un bleu... Ils étaient beaux dans le ciel. Maintenant, on m'habille avec un peignoir... demain, on m'en donnera un autre... tout pareil... affreux. Est-ce que je vais aller danser avec un peignoir et des pantoufles ?... On se moque de moi... on veut me retenir ici... m'enfermer... m'empêcher d'aller au bal... mais je vais me sauver... je sais.

Ils ont tous des gueules de carême... les messieurs et les dames qui viennent... un jour l'un, un jour l'autre... Pourquoi ? Pourquoi l'autre monsieur ne revient pas... revient plus me voir... s'asseoir auprès de moi...

C'est drôle... ils s'habillent en noir... des corbeaux... j'ai peur des corbeaux... Un jour, celui-là... tout en noir... le lendemain, celle-là... tout en noir encore... Pourquoi ?... Je me jette sur eux avec mes questions... avec mes ongles... Je veux arracher tout ce noir sur eux... mais je ne peux pas... ils me tiennent les bras... ils ont de la force... ils m'empêchent... ils pleurent.

La dame… avec cette tête que je n'aime pas, dit : il faut vous calmer, madame… Sa voix ne me plaît pas non plus… Et ce ton… elle ose me parler sur ce ton… à moi… à Giu… Je ne veux plus la voir dans ma maison… il faut qu'on la chasse… Je veux que le monsieur revienne… je crie pour qu'il revienne…

Il me manque, le monsieur qui venait… qui ne vient plus. On ne m'écoute pas… on me prive de tout… ça ne va pas aller comme ça, ça ne va pas du tout… du tout… Je m'énerve, je crie… la dame met de la musique… elle répète : calmez-vous, madame, écoutez… écoutez. Je n'écoute pas… je crie plus fort que la musique…

JULIUS

Dans le sang. C'est lui qui a trouvé Antoine dans son propre sang. Il ne dira à personne ce qu'il a vu. Ses yeux ne seront jamais lavés de cette horreur, de cette vision d'Antoine, affalé là, sur son bureau, mort.

Il a pris son frère dans ses bras, l'a soulevé. Il a titubé jusqu'à la porte, a appelé. Il se souvient de la porte seulement parce qu'il s'y appuyait, Antoine pesait si lourd entre ses bras. Un panneau de chêne foncé avec, ici et là, des éraflures, avec une plaque où était inscrit le nom *Antoine Padovani.* Et dessous : *Président.*

Après… Après, ce n'était pas facile d'être vivant, de suivre ce frère qui allait devant, couché dans l'ombre noire du fourgon.

Et le parfum des fleurs.

Et les sanglots des sœurs.

Après, c'était difficile car la vie, à tout instant, répétait à Julius qu'il n'avait pas été là pour empêcher la mort d'emporter Antoine. Son frère de sang, l'Américain.

Après la marche lente au milieu des silhouettes noires, derrière son frère couché là, dans le fourgon, il ne sait plus, il a eu un malaise au bord de la fosse, on l'a emmené.

Il n'a même pas été capable d'accompagner son frère jusqu'au bout. Alors, il revient, il s'assoit sur la tombe, ses yeux lisent l'inscription gravée dans le marbre de la stèle, le même nom qu'il a lu sur la porte de chêne : *Antoine Padovani.*

Hier, il a passé la journée auprès de Giulietta. Elle ne peut supporter de les voir vêtus de noir. Elle s'agite, elle hurle, elle se jette sur eux, s'accroche à leurs vêtements, prétend les déshabiller.

Le seul moyen de la calmer serait d'ôter ces habits de deuil, s'est dit Julius. Il est allé dans son ancienne chambre, celle qu'il occupait garçon, celle qu'il partagea par la suite avec Eléonore et qu'on a condamnée depuis des années. A la patère de la salle de bains pendait une vieille robe de chambre oubliée là, qui sentait le moisi. Julius s'est dévêtu, l'a enfilée.

Giulietta s'est mise à battre des mains quand elle l'a vu revenir ainsi métamorphosé. Ce changement paraissait à son goût, elle est devenue aimable, presque câline, elle a avancé une main vers sa joue pour une caresse qui n'a pas abouti, mais elle disait :

— Mon fils, tu es beau…

Tremblement de Julius sous la caresse avortée, sous les mots d'autrefois.

Il racontera cela aux autres, il n'attendra pas samedi, il les appellera l'un après l'autre, ce soir même. Il leur dira qu'il faut renoncer à porter le deuil, au moins les jours où ils se présentent devant leur mère. A l'évidence, le noir l'épouvante. Comment savoir ce qu'il signifie pour elle ? Giulietta n'est pas en mesure d'établir une relation entre ces personnages endeuillés qui viennent à elle et l'absence d'Antoine. Mais peut-on savoir vraiment ? Le fait est qu'elle le réclame à cor et à cri, et ne tolère pas la compagnie de la femme – une autre infirmière – qui le remplace désormais.

Pourtant, elle ne sait pas que la mort est déjà venue, c'est une grâce que lui accorde la maladie. Parfois, elle parle de sa mère, de son père, elle les croit encore vivants. Pour Giulietta, ils vivent toujours à Naples, éternellement. Ils sont éternels.

Elle ne sait pas que ses enfants ne sont plus que six à présent. Elle les voit tristes, douloureux, endeuillés, mais elle ne comprend pas. C'est bien, c'est mieux ainsi.

Sur le chevet de Giulietta, il y avait sept photographies dans des cadres d'argent, ses sept enfants portraiturés et encadrés. Samedi dernier, Marietta a suggéré d'ôter le portrait d'Antoine. Ils n'étaient pas tous d'accord, mais elle a fini par les convaincre. C'est Pierre qui, dès lundi, a retiré la photo à l'insu de Giulietta, pendant qu'elle prenait son repas dans la pièce voisine. Elle n'a pas encore réagi. Doit-on en déduire que l'idée était bonne ? Julius en doute encore.

Giulietta ne sait pas que la fratrie Padovani est un grand corps amputé d'un de ses membres et qui souffre de cette mutilation. Elle ne sait pas que la perte d'Antoine est une douleur atroce, une douleur de trop pour chacun de ses frères et sœurs.

Elle ne sait pas que, lorsqu'ils se parlent maintenant, ils murmurent, ils chuchotent, comme s'ils craignaient de déranger Antoine, de réveiller ce manque, entre eux, de faire saigner cette blessure.

Antoine ne disait rien de ses ennuis, pas même à lui, Julius. Lui et les autres ne voyaient rien, n'ont rien vu. Giulietta occupait entièrement leurs yeux, leur esprit, leur temps. Si seulement Antoine s'était confié, s'il avait parlé, ils auraient écarté de lui la tentation du revolver, il ne se serait pas trouvé acculé à la solution du sang. Puisque Giulietta est sous leur tutelle, rien ne les empêchait de débloquer des fonds, de le sauver. Oui, ils auraient pu le sauver.

Outre le manque intolérable, il y a le regret de n'avoir pas compris, ou deviné, à temps. Il y a ce remords. Julius se demande si les autres l'éprouvent aussi cruellement que lui : une torture de tous les instants.

Hier. Une journée entière de face-à-face avec sa mère, l'épreuve hebdomadaire.

A certains moments, Giulietta commence à se balancer, son corps décharné oscille tantôt d'avant en arrière, tantôt de droite à gauche : la mécanique d'une horloge. En même temps, une mélopée sourd de ses lèvres, un vieil air très doux dont le rythme évoque celui d'une berceuse. A qui songe-t-elle ? Qui berce-t-elle ainsi ? Nicolas, son bébé mort ? Ou Antoine ?

Julius aimerait l'interroger, mais toute question serait vaine, resterait sans réponse. Il y a des années que Giulietta a cessé de donner des réponses. Il y a des années qu'elle n'a pas prononcé les prénoms de ses enfants. Elle les appelle “monsieur” ou “madame” et, au mieux, très rarement, “mon fils” ou “ma fille”.

Il y a beau temps que Giulietta s'est barricadée dans l'oubli. A quoi bon chercher à forcer ses défenses ?

La berceuse s'est tue, le mouvement de balancier s'accélère. C'est maintenant une horloge déréglée, dont le mécanisme s'emballe sous les yeux de Julius. S'il laisse faire, Giulietta va cogner de la tête contre le montant de bois du dossier ou basculer en avant. Il faut intervenir, la prendre aux épaules, l'étreindre avec douceur pour qu'elle cesse.

Lorsqu'il la tient enfin immobile, à demi embrassée, Julius dépose un baiser sur la tempe de sa mère. Il pleure.

GIULIETTA

Le monsieur pleure... il a de la peine... je lui demande, tu veux la recette pour guérir le chagrin d'amour et le rhume des foins ?... Il ne répond pas, il regarde ses souliers... tant pis, je lui dis ma recette... Tu mets trois grenouilles dans un arrosoir avec un peu d'eau... après, il pleut... l'eau monte... monte... Alors, les grenouilles sautent, l'arrosoir chante... et toi, tu es guéri.

Ma mère à Naples... Je veux ma mère et Naples... Qu'on m'emmène chez moi... là-bas. J'ai des valises, tu sais, madame... plein de valises... Tu en sors une... tu mets mes affaires dedans... je m'en vais voir ma mère... c'est facile, non ?

Vous avez un crayon bien taillé ?... C'est ce qu'il me faut... tout de suite... très bien taillé surtout. Et du papier... Ils demandent pour quoi faire... C'est un secret... une surprise... je ne dis rien. On va me donner le crayon... le papier... alors je dessinerai une maison, une grande maison pour habiter avec mes enfants... On l'appellera "La Villa"... mais c'est un secret... chut...

Je voulais garder la photo... la photo de mon amoureux... je voulais la regarder encore... Mais on me l'a prise... elle n'est plus là, à côté de mon lit... Je cherche sous le lit... je cherche partout... elle n'est plus là. Ils l'ont enlevée... ils m'ont punie... Pourquoi ?

Je veux ma mère... et aussi je veux la photo qu'on m'a volée... La dame dit qu'il n'y a pas de voleur... ici... Elle ment... je sais compter... il y avait sept cadres d'argent... et maintenant je compte, un, deux, trois, quatre, cinq, six... La dame dit... tu te trompes, maman... je t'assure que tu te trompes...

LORETTA

Manuel vient de la quitter. Cinq minutes avant de partir, il lui a dit :

— La folie est la marque de ta famille. Vous n'avez pas d'armoiries, c'est regrettable. Moi, je verrais bien une figure héraldique représentant sept corps prosternés devant une reine en majesté, ta mère, bien sûr. Quant à la devise, elle s'impose : *Bon sang ne saurait mentir*. Qu'en penses-tu ?

Loretta était bien trop abasourdie pour penser : cette décision soudaine de Manuel de tout briser, sa cruauté gratuite juste au moment de s'en aller. Elle n'a même pas songé à protester.

Après coup, après qu'il lui a porté ce dernier coup – les mettre tous dans le même sac, tenir la folie pour le dénominateur commun des Padovani, leur bannière de ralliement –, elle n'était pas loin de lui donner raison. A mesure que le temps passe, que le mal de Giulietta s'aggrave, chacun de ses frères et sœurs ne s'enfonce-t-il pas dans sa propre folie ?

Elle-même, Loretta : après les obsèques de son frère Antoine, elle n'est pas rentrée chez elle. Elle a pris une chambre d'hôtel et n'en est pas sortie d'une semaine. Pendant tous ces jours, elle n'a donné aucune nouvelle. Elle ne s'habillait pas, ne se maquillait pas : ainsi, elle pouvait pleurer tout son soûl.

Lorsque, enfin, elle a regagné ses pénates, elle a trouvé Manuel occupé à faire ses bagages.

Elle n'a pas cherché à le retenir, elle savait qu'ils étaient au bout. Il partait rejoindre l'autre femme et elle, elle restait là à fixer ce point de l'espace où il se tenait un peu plus tôt, où il n'était plus.

A sa place, elle voyait le blason virtuel des Padovani tel que Manuel venait de le décrire, elle lisait et relisait la devise : *Bon sang ne saurait mentir*.

Mais n'était-ce pas plutôt de "mauvais sang" qu'il s'agissait en l'occurrence ? Un sang vicié dès l'origine, porteur des germes de la folie, le sang de Giulietta ?

Loretta est arrivée défaite, le visage bouffi après tant de larmes versées dans la solitude de sa chambre d'hôtel. Pourtant, sitôt que Manuel a franchi le seuil pour disparaître à jamais, elle s'est reprise. La soirée était bien avancée déjà, mais elle est allée prendre une douche. Puis elle s'est maquillée et coiffée avec soin, les gestes de toujours lui revenaient naturellement, bienheureusement. Elle s'est souvenue que le noir effrayait Giulietta et que Julius avait recommandé de l'éviter lorsqu'ils se rendaient à La Villa. Elle a donc enfilé une robe bleue toute simple mais de bonne coupe. Quand elle s'est vue, belle, dans le miroir, elle a même réussi à se sourire.

Elle a pris ses clefs de voiture, le double des clefs de La Villa et elle est sortie dans la nuit. Folie pour folie, elle allait retrouver Giulietta. La présence de sa mère, de ce qui restait de sa mère, était encore ce qu'elle désirait le plus au monde.

Elle a roulé vers La Villa. La garde qui veillait – elle est payée pour ça – n'a pu dissimuler sa surprise et son inquiétude lorsqu'elle a fait irruption, bien attifée, si pimpante, en pleine nuit.

— Mais… Mais… Que se passe-t-il ?

— Rien, a répondu Loretta. Je veux voir ma mère.

— Vous n'y pensez pas ! Elle dort, elle est calme, vous n'allez pas la réveiller…

La femme s'était mise en travers de la porte de la chambre et prétendait lui en interdire l'accès.

— Laissez-moi passer. Je ne la réveillerai pas. Je veux seulement la voir.

La garde de nuit a cédé et Loretta s'est glissée dans la chambre.

Giulietta repose, adossée à des oreillers qui la maintiennent presque assise. Une veilleuse, allumée en permanence pour écarter les ombres et tranquilliser la malade, luit doucement sur le chevet.

Loretta avance lentement jusqu'au pied du lit et s'arrête là, demeure en contemplation devant sa mère endormie.

Au petit matin, la garde la trouvera pelotonnée sur le lit, "prosternée", dirait Manuel, un bras jeté en travers des jambes de Giulietta, le visage enfoui entre ses pieds.

GIULIETTA

J'ai envie de me baigner… Il faut qu'on me donne mon maillot rouge… Je dis à la dame qui est là… le maillot rouge est dans la commode… va me le chercher… je nage bien, tu sais… une vraie sirène… Alors, tu me l'apportes… oui ou non ?

Aujourd'hui, c'est le monsieur gentil qui est là… avec ses cheveux bouclés, ses yeux bleus… il ressemble à quelqu'un que je connais… je cherche… je cherche… je ne sais pas. Quand même… si je lui demande doucement… il va me trouver le maillot rouge. Il me tiendra la main… on prendra les escaliers qui descendent jusqu'à la mer…

Il faut le parasol aussi… et de la crème pour me protéger… J'ai la peau fragile, tu sais… et le soleil est dur… il brûle. Pas oublier la crème, monsieur… Si tu veux, je t'apprendrai à nager… j'avais des petits… quand ils étaient petits, c'est moi qui leur apprenais… tu n'auras pas peur… je te tiendrai la tête. Si tu te noies… je te sauverai… N'aie pas peur… pas peur.

Dans la mer… on fera des roulades… je plongerai sous l'eau… je jouerai à la baleine… je te cracherai plein d'eau dessus. Tu verras, monsieur… tu riras comme avant… tu aimeras beaucoup nos jeux dans la mer… on s'amusera comme avant, tu seras content…

Si tu es bien gentil… je t'emmènerai à Naples… C'est une ville… celle-là… que je connais bien. Il y a des chats… des gens… beaucoup de gens… des couleurs… beaucoup de couleurs… des cris, beaucoup de cris… et des rires aussi… Il y a mon père et ma mère… j'ai envie de les voir. Tu es d'accord pour venir à Naples avec moi ?… Alors, c'est promis… je t'emmène… prépare les bagages…

JOURNAL DE GIULIETTA

Fragments

Portofino, 10 août 1984

Comment concilier le travail d'écriture et cette famille agrandie qui s'augmente chaque année de quelques lutins tapageurs ? Ne pas chercher à concilier me semble, toute réflexion faite, la meilleure solution. "Laissez venir à moi les petits-enfants." Quand ils seront là, je me métamorphoserai en grand-mère et, dès qu'ils partiront, la romancière reprendra ses droits, son rythme, sa place.

Sa place, pas exactement. Car, malgré tout, j'ai opéré une petite migration à travers la maison. Mon bureau, mes bibliothèques occupaient une pièce qui ouvrait sur la terrasse et la mer. J'ai fait transporter le tout dans la bâtisse la plus haute de La Villa. De la sorte, mon nouveau repaire surplombe l'ensemble de la maison. Désormais, je dispose d'une véritable "tour d'ivoire" et d'un panorama encore plus vaste sur la mer. Assurément, je n'ai pas perdu au change.

Portofino, 25 février 1985

Je m'aperçois que je bouge peu de la maison et réponds de moins en moins aux appels du large... Mes valises et mes malles dorment, vides, dans les placards, les trains et les avions partent sans moi. Suis-je en passe de m'encroûter, de devenir casanière ou, au contraire, ai-je bifurqué à la croisée des chemins sur celui de la sagesse et de la sérénité ? Bien sûr, je préfère opter pour la seconde hypothèse et je me dis alors : C'est bien ma fille, c'est très bien.

Prague, 6 avril 1985

L'autocongratulation était prématurée. Me voici à nouveau partie en goguette au bras d'un amant. Si je continue de la sorte, je vais finir par me rendre ridicule aux yeux des autres et, plus grave, aux miens. Cependant, Prague, que je découvre et qui recèle tant de merveilles, valait bien que je coure ce risque-là. Le dernier ? Pas de promesse à la légère, Giulietta...

Portofino, 18 mai 1985

A vivre auprès de cette Eléonore, Julius s'est transformé en coupeur de cheveux en quatre. Avant toute décision, qu'elle soit importante ou non, il lui faut examiner, ratiociner, peser le pour et le contre. C'est exaspérant, je ne reconnais plus mon garçon. Il n'est pourtant pas encore un vieux barbon, mais, oserai-je l'avouer : il me barbe...

Naples, 22 juillet 1985

Naples, ma vieille ville, ma chère ville. Marietta a consenti à m'y accompagner, le plaisir s'en trouve doublé. Quelle chance qu'elle soit célibataire et, donc, libre comme l'air, mobile et disponible. Les autres, pris dans les rets du mariage, sont tous chargés d'enfants, tant pis pour eux, ils resteront à ignorer les mystères et les splendeurs de Naples la belle.

Circulation apocalyptique, surtout à certaines heures, Marietta s'en étonne. Moi, j'avais oublié. Mais hormis leur mère et la Vierge, les Napolitains ne respectent rien, ni les feux de signalisation ni les mimes désespérés des agents en tenue qui tentent de réguler le flux des véhicules. Traverser une avenue ou un boulevard, c'est encourir le risque d'être envoyé *ad patres* dans les plus brefs délais. Pourtant, il faut le prendre, s'élancer tête baissée dans la cohue automobile, les yeux fermés de préférence, en conjurant la Vierge Marie de vous accorder sa protection.

Naples, 24 juillet 1985

Un écrivain français – Camus, je crois bien – a écrit que *c'est une erreur, et presque toujours châtiée, que de revenir sur les lieux de sa jeunesse*. Que Camus me pardonne si ma citation est approximative et si son assertion ne s'est pas vérifiée pour ce qui me concerne. Je ne me sens nullement châtiée d'être revenue à Naples, bien au contraire. Ici, le simple fait de marcher dans les rues me transporte de joie. Je reconnais les accents familiers, je retrouve les odeurs, j'engrange les émotions que je reçois par bouffées…

La famille entière nous fait fête. Mes parents ont battu le rappel et tous, frères, sœurs, cousins, cousines, sont accourus pour célébrer mon retour. Bien sûr, la mort a creusé quelques trouées dans les rangs, on déplore quelques absents, mais les vivants, ici, sont tellement vivants !

Naples, 30 juillet 1985

Ils ne veulent pas nous laisser repartir. Chaque jour, on prend prétexte d'une nouvelle visite, d'une invitation impossible à décliner pour nous retenir. Marietta ne m'aide pas : elle a succombé aux petits plats que nous cuisine sa grand-mère et renâcle à l'idée de quitter le petit paradis napolitain.

Pourtant, il va falloir prendre congé : en août, je reçois mes enfants et leur nombreuse marmaille, je dois rentrer à La Villa pour être sur le pont à leur arrivée.

Portofino, 16 février 1986

Eléonore m'annonce de but en blanc qu'elle ne me confiera plus ses garçons, que leurs séjours à La Villa leur sont néfastes et qu'ils n'y reviendront jamais. Je m'attendais à ce coup de pied de la mule.

J'ai donc accepté ce diktat sans un commentaire, sans même tenter de discuter, de négocier. Rira bien qui rira la dernière.

LES SIX

Ce soir, Marietta s'est enfin résignée à livrer les journaux de Giulietta à ses frères et sœurs. Elle les a posés sur la table, les a poussés vers le centre sans rien expliquer, sans un commentaire. Elle s'est bornée à dire :

— Voilà le journal de maman.

Pour l'instant, aucun des Padovani n'a osé s'en saisir, les ouvrir. Néanmoins, tous les regards convergent vers les carnets bleus. Ils les regardent, ils réfléchissent, ils ont peur.

— Ce n'est pas de la dynamite, observe Marietta au bout d'un moment. J'ai apporté ces carnets pour que vous les lisiez. Enfin... seulement si ça vous tente, ce n'est pas une obligation.

— Toi-même, tu les as lus ? demande Pierre.

— Bien sûr.

— Et où les as-tu trouvés ?

— Dans la souillarde. Bien cachés.

— Ah !... soupire Loretta. Et elle ajoute : Si maman les a cachés, tu n'aurais pas dû les lire. Nous ne devons pas les lire.

Gagné ! songe Marietta. La petite sœur ne me surprendra jamais.

— Je répète que personne n'est obligé. Les lira celui qui voudra.

— Alors, je les prends.

C'est Elsa qui vient de se manifester et, déjà, elle avance une main vers le centre de la table, mais Pierre projette son buste en avant, comme s'il voulait s'interposer entre les carnets et sa sœur.

— On pourrait respecter le droit d'aînesse, suggère-t-il, confier d'abord ces journaux à Julius...

La main qui déjà s'abaissait pour s'emparer des carnets s'élève, recule. En même temps, Elsa a ce haussement d'épaules qui, chez elle, ne signale pas l'indifférence mais plutôt le désaccord, le dépit.

Ce mouvement n'a pas échappé à Julius qui, toujours conciliant, proteste doucement :

— Non... Il n'y a pas de raison. Si Elsa veut les lire, qu'elle les emporte. Elle me les passera ensuite.

On abandonne les carnets à Elsa, d'un commun accord, on abandonne le sujet des carnets.

Marietta songe qu'ils ne réapparaîtront pas de sitôt, dès lors qu'ils sont en possession de sa sœur.

Mais il faut en revenir aux dernières fantaisies de la malade, dresser un état de ses frasques ou turpitudes de la semaine. Marietta donne le *la*, elle parle de la mer, de la prétention de Giulietta à vouloir se baigner dans la mer, de son insistance, de ses prières.

— Mais nous sommes en novembre…

C'est Frédéric qui, après un timide jappement pour attirer l'attention, vient d'émettre cette évidence.

— Justement. C'est bien le problème.

— A moi aussi, elle a parlé de baignades, elle m'a même proposé de m'apprendre à nager, signale Julius. Elle me réclamait son maillot rouge, j'ai fini par le lui donner. Elle voulait que nous descendions à la plage mais je n'ai pu accéder à son désir…

— Elle a perdu la notion du temps, de tous les temps, remarque Loretta.

— Que veux-tu dire ? demande Marietta.

— Que non seulement elle ne sait plus à quelle époque elle vit, mais qu'elle grelotte quand il fait chaud et qu'elle a chaud quand il fait froid.

Ces phrases prononcées d'un ton morne semblent avoir épuisé les ressources de Loretta. Elle se rétracte tout entière, ferme son beau visage peint afin que nul n'ignore qu'elle a joué sa partition et qu'elle ne dira plus rien. Rideau. Motus. Elle n'ira certes pas avouer aux autres qu'elle a passé une nuit entortillée dans les draps de leur mère, "prosternée" à ses pieds. Ils n'apprécieraient guère et, d'ailleurs, cela ne regarde personne hormis Giulietta et elle-même. Quant à les informer du départ de Manuel, de leur rupture, il n'en est pas question pour le moment. Elle avisera plus tard, parlera plus tard, quand il sera devenu impossible de continuer à se taire.

Elsa se tait, elle aussi. Elle a l'air de couver le sac posé sur ses genoux, où elle vient de ranger les carnets bleus. Elle voudrait qu'on en finisse avec toutes ces palabres, qu'on mette un terme à cette réunion qui s'éternise. Elle s'impatiente car elle a soif, comme toujours. Lorsqu'elle sortira d'ici, elle ira s'installer au fond d'un bar, commandera à boire et sortira de son sac le journal de Giulietta. Dans cet endroit où personne ne risque de venir la déranger, elle pourra lire en toute quiétude et, tout en lisant, elle s'accordera une petite rasade de temps à autre, elle ne peut imaginer programme plus séduisant. L'idée de le mettre bientôt à exécution la réconforte et va lui permettre – elle l'espère –

de ne pas faire d'esclandre, de se tenir correctement jusqu'à la fin de la séance.

Frédéric s'ennuie un peu. Il regrette de n'avoir pas eu tout à l'heure assez d'à-propos, ou d'audace, pour avouer son désir de lire le journal de Giulietta. Il en va toujours ainsi pour lui : faute de savoir s'exprimer spontanément, avec aisance, il rate les occasions qui se présentent, il arrive bon dernier au poteau. Pourtant, il brûle de l'envie, du besoin de se replonger dans la prose de Giulietta. Son œuvre, il la connaît, il a tout lu et relu. Mais ces carnets bleus écrits de la main de sa mère et dont il ignore le contenu, quel bonheur il aurait éprouvé à les découvrir... Si seulement il avait le courage d'intercepter Elsa lorsqu'ils se lèveront, seront sur le point de se séparer dans un moment... Mais il faudrait parlementer, s'expliquer, et ce courage lui manque. Il sait que sa sœur Elsa partira avec les carnets bleus et qu'il devra attendre.

Pierre est furieux, mais il s'ingénie à maquiller sa mauvaise humeur sous des amabilités, des sourires. Que sa sœur Elsa détienne le journal de leur mère, qu'elle s'apprête à l'emporter lui déplaît au plus haut point. Elsa lit lentement et sans doute plus lentement encore depuis qu'elle vit sous l'empire de l'alcool. Dieu sait quand elle restituera ces carnets à la fratrie, Dieu sait même si elle les restituera jamais. Dans l'état où elle est la plupart du temps, elle risque de les oublier dans un bar, de les perdre. Bref, Pierre est inquiet : rien ne garantit que ces carnets reviennent et qu'il puisse les lire un jour.

Julius s'efforce d'oublier la présence des carnets dans le sac d'Elsa, dans cette pièce. Il serait plus à l'aise s'ils n'existaient pas. Ce n'est pas par grandeur d'âme ou par courtoisie qu'il vient de consentir la préséance à sa sœur. En vérité, il redoute la lecture du journal de Giulietta, il préférerait s'en dispenser. Mais il sait que Marietta veillera au grain, que tôt ou tard les carnets reviendront entre ses mains et qu'il lui faudra faire face, les lire. Il soupire, tire une cigarette de son paquet, l'allume, aussitôt imité par ceux qui, autour de la table, partagent son vice. Bientôt, les volutes lentes de la fumée s'enroulent au-dessus des têtes, les Padovani se sont tout dit, peut-être n'ont-ils plus rien à se dire : la réunion de ce samedi soir s'achève.

GIULIETTA

Un jour… ils vont m'oublier… oublieront de me donner à manger… alors je fais des réserves… Je mets des biscuits, une banane… un morceau de pain… un pétale de fleur… mon peigne… un beau canif… sous mon matelas. Je mets plein de choses là… au cas où… Après, la femme de ménage arrive… elle soulève le matelas… elle trouve mes choses… mes trésors. Elle va se plaindre… je l'entends… Elle dit que madame est sale… que madame se conduit comme… comme une pauvresse. C'est une pitié… elle dit. Elle enlève tout… elle secoue le matelas… je vois des millions de farfadets qui dansent dans les rayons du soleil.

Je ne mets plus rien qui se mange… là-dessous. Tant pis… je vais mourir de faim… peut-être. Quand même… j'essaie d'attraper le soleil et les farfadets qui dansent… je les fourre sous le matelas. Cette nuit… ils vont me tenir chaud… ils vont danser avec moi… La femme de ménage ne les verra pas… ne se doutera pas…

Encore pipi… le lit tout mouillé… mes farfadets sont partis à cause du pipi. La dame dit que c'est honteux… j'ai honte… j'ai honte… Je ne fais pas exprès… je répète que je n'ai pas fait exprès.

Je prie… Qu'on me laisse tranquille… Je prie la Vierge de Naples et San Gennaro… Ils vont m'écouter, ils vont m'exaucer… tout sera comme avant… La maison pleine d'amants et moi… si belle, la maison pleine d'enfants et moi… si bonne… tous les plaisirs ensemble…

Je demande à San Gennaro… même je lui ordonne… débrouille-toi pour m'expédier mon père et ma mère… j'ai besoin de les voir… Si tu es un saint, tu dois m'arranger ça, Gennaro… sois brave, Gennaro…

Qu'ils soient tous là… autour de moi. Je suis seule… si seule… et le monde est dehors… et on ne me laisse pas sortir. Mais je vais m'échapper… c'est promis… J'ai promis à Giulietta… à Giu… Ma fille, on va filer… toi et moi… bras dessus, bras dessous… ils seront bien attrapés… ceux qui viennent… ceux qui me gardent…

Ils m'appelleront… ils pourront toujours appeler… rien… pas de réponse… la maison vide… Giu envolée. Ils me chercheront partout, partout… ils ne trouveront rien. Giu sera déjà loin…

Ils n'aiment pas quand je parle comme ça… de partir… de m'enfuir… les messieurs et les dames. Ils n'aiment pas du tout… Ils disent… maman, je t'en prie… je t'en prie… calme-toi… tu n'es pas bien ici ?

ELSA

Elsa en est à son quatrième whisky, elle lit toujours. Il y a des heures qu'elle est là, seule, rencognée dans cette sorte de loge capitonnée de velours rouge où elle s'est réfugiée. Les bruits du bar, du monde, n'arrivent pas jusqu'à elle. Depuis qu'elle lit, le bar, le monde – avec Alberto et les enfants, ses frères et ses sœurs – ont cessé d'exister.

Elle boit et elle cherche son nom dans les pages des carnets bleus. Mais nulle part encore elle n'a trouvé *Elsa* écrit de la main de sa mère. Il y a des heures qu'elle lit et qu'elle boit, qu'elle boit et qu'elle cherche. En vain.

Maintenant, sa vue commence à se brouiller, les lignes ondulent, elles s'élèvent et retombent, elles dansent un drôle de sabbat sous ses yeux. Elle devrait cesser, renoncer, mais elle ne le peut pas. Tant qu'elle n'aura pas tout lu, elle ne renoncera pas.

Elle a oublié sa maison, Alberto, les enfants. Dans son cocon de velours rouge, elle est bien, elle est très loin d'eux : hors d'atteinte.

Par deux fois déjà, le barman est venu l'informer que le bar allait fermer. Elle a eu son fameux haussement d'épaules et l'importun s'est éloigné.

Qu'on la laisse en paix : ici, elle a tout ce qu'il lui faut, l'alcool et les confidences que sa mère a faites aux carnets bleus.

Qu'on ne la dérange plus, elle veut tout lire, jusqu'au dernier mot, trouver son nom, *Elsa*. Alors elle s'en ira.

Mais dans les pages écrites par sa mère, jamais elle ne figure nommément. Giulietta évoque ses enfants comme un tout indistinct. Néanmoins, elle a remarqué qu'ici et là, il est question de Julius, de Marietta et de Loretta, les préférés, assurément. Pourquoi, sinon, jouiraient-ils d'une pareille faveur ? Loretta, elle comprend, elle admet : c'est la petite et, à ce titre, on l'a tous cajolée, chouchoutée. Mais Julius, Marietta ? Elle se surprend à les jalouser, à les haïr, lui, le dévot, le fou de la reine, elle, la dévergondée, la femme adultère. "Telle mère, telle fille", a écrit

Giulietta. Et moi ? Et moi ? a envie de hurler Elsa.

Le barman revient, et son ton n'est plus du tout déférent lorsqu'il lui dit :

— Il est tard, madame, vous devez partir. Nous fermons.

Cette fois, la coupe est pleine : devant l'homme qui se tient là, sévère, réprobateur, Elsa s'abat d'un coup, sa tête frappe la table, son corps glisse sur la banquette de velours rouge, l'alcool a fini par la terrasser.

Le garçon, affolé, se précipite vers la salle, il faut qu'il alerte son patron, il faut qu'il lui dise :

— La femme, là-bas, elle a eu un malaise…

— Tu veux dire qu'elle est complètement pintée…

— Je crois, oui… Alors… qu'est-ce qu'on fait, patron ? Peut-être qu'il faudrait regarder dans son sac. Elle doit avoir des papiers, une adresse, un téléphone. On pourrait appeler, qu'on vienne la chercher…

— Trop de complications… pas notre boulot, grogne l'autre. Tu appelles les flics. Qu'ils l'embarquent et la ramènent chez elle si ça leur chante !

Quand Alberto reçoit l'appel de la police, il est deux heures du matin. Il a eu le temps de se ronger les sangs, de tout imaginer, l'accident, la fugue, un nouveau drame chez les Padovani. Mais pas ça, pas ça : Elsa ramassée ivre morte dans un bar de la ville.

Une demi-heure plus tard, il arrive au poste de police et quand il prend livraison de sa femme, quand il l'emporte, il devine quelques regards rigolards qui l'accompagnent, lui brûlent la nuque.

Il dépose Elsa sur la banquette arrière de sa voiture, s'arrange en sorte qu'elle soit étendue convenablement, qu'elle ne risque pas de glisser.

Pendant le trajet vers la maison, il l'entend soudain marmonner, puis c'est un bruit de cataracte qui monte derrière lui : elle vomit. Une odeur infecte se répand aussitôt dans l'habitacle du véhicule. C'est trop, cette fois, c'est trop pour Alberto. Pendant des mois, il a fermé les yeux, il a pris les enfants en charge, il a tout assumé, tout supporté. Mais à présent, c'est trop, il n'en peut plus, il sent que c'est la fin.

Devant leur porte, il charge encore cette forme inanimée, souillée de vomissures, il la porte jusqu'à leur chambre, la déshabille, la lave, puis il la couche dans le lit conjugal, la recouvre. Elsa ne s'est pas réveillée : abrutie par l'alcool, elle dort du sommeil comateux des éthyliques.

Alberto ne peut se décider à se coucher à ses côtés, la répulsion qu'elle lui inspire est trop forte : il ne peut pas. Il se laisse tomber dans un fauteuil, à un mètre du lit. Il passera là ce qu'il reste des heures de la nuit, sans dormir, les yeux fixés sur sa femme, cette femme qui lui répugne, qu'il va quitter. Oui, c'est bien fini, il sait qu'il la quittera.

Oh ! pas tout de suite, car Alberto est un homme de devoir : il n'oublie pas qu'il y a les enfants, il n'oublie pas qu'elle est malade. Jamais il ne l'abandonnera dans cet état.

Demain, il s'occupera d'elle encore, il s'en occupera le temps qu'il faudra : il la fera soigner, désintoxiquer. Dans quelques semaines, elle sera peut-être guérie, il espère vraiment qu'elle guérira. Alors il partira. Parce que "ça", c'est trop : ce qu'il a vécu cette nuit par sa faute, jamais il ne pourra l'oublier, le lui pardonner.

FRÉDÉRIC

Dès qu'il a su que sa sœur Elsa était hospitalisée pour une cure de désintoxication, il est allé voir Alberto. C'est un type qu'il apprécie, Alberto, un brave type. Et il aimait vraiment Elsa, il l'a prouvé. Aujourd'hui, il ne se ressemble plus, il a pris dix ans en une semaine, cette histoire l'a anéanti.

Même s'ils ne se fréquentent guère, les deux beaux-frères se sont toujours témoigné beaucoup d'estime. L'après-midi où Frédéric a rendu visite au mari de sa sœur, ils ont passé des heures à parler. Enfin, Alberto parlait et lui, il écoutait. Frédéric est le confident idéal, les gens viennent à lui justement parce qu'il a l'oreille compatissante et qu'il sait se taire. Alberto en avait gros sur le cœur ce jour-là, il ne fallait pas s'étonner s'il éprouvait un tel besoin de s'épancher.

Alberto a raconté l'enfer qui était le sien depuis des mois, la maison qui allait à vau-l'eau, les enfants qui réclamaient leur mère chaque soir et s'endormaient sans avoir reçu son baiser. Car elle rentrait tard, Elsa, et jamais à jeun. Il disait combien il l'avait aimée, combien elle l'avait déçu.

— Du jour où Giulietta est tombée malade, Elsa a démissionné. La reine mère passait avant tout. Nous, elle nous a oubliés. Et puis elle s'est mise à boire et tout est allé de mal en pis. Je l'aimais, Frédéric, je t'assure, j'ai tenu le coup tant que j'ai pu. Mais depuis cette nuit où j'ai dû aller la chercher au commissariat, c'est fini, elle me dégoûte, mon amour est mort.

Frédéric écoutait le récit de cette débâcle, muet, consterné. Il n'avait rien à répondre à Alberto.

— Tu sais ce qu'elle faisait cette nuit-là dans ce bar ? J'y suis allé le lendemain, je voulais savoir. Eh bien, on m'a renseigné. Elle lisait, figure-toi...

— Oui... Je m'en doutais. Nous venions de nous séparer, elle avait emporté le journal de Giulietta. Je suppose qu'elle était impatiente de le lire...

— Tu supposes bien. Les types du bar m'ont remis deux carnets. Dans la panique, quand les flics l'ont emmenée, ils les ont oubliés. D'ailleurs, ils ne pouvaient pas savoir : en général, quand on veut lire, on va s'installer dans une bibliothèque ou dans un salon de lecture. Passer sa nuit, dans un bar, avec ces foutus carnets, tu te rends compte ? Telle que je connais la reine mère, il doit y en avoir de belles là-dedans... A propos, tu les as lus, toi ?

— N... Non... Justement, je voulais te demander si je pouvais les récupérer...

— Alors, toi aussi... Le lait de votre mère devait contenir un satané philtre pour que vous soyez tous à la vénérer comme ça... Enfin... si tu veux les carnets, tu peux les prendre... trop content de m'en débarrasser, mon vieux.

— Mais... Elsa ?

— Elsa les a lus, je te le garantis. Sinon, elle ne se serait pas mise dans cet état. Tu pourras féliciter ta mère pour l'efficacité de sa prose et la remercier de ma part.

Frédéric est en train de découvrir avec stupeur que le très doux, le très indulgent Alberto nourrit un profond ressentiment à l'égard de Giulietta. La violence verbale de son beau-frère le laisse pantois. Bien sûr, il devrait protester, réagir, mais il se tient coi. Son devoir, son honneur de fils lui intiment de prendre la défense de sa mère, pourtant, il ne dit mot. Plaider en faveur de Giulietta impliquerait la mise en forme d'arguments et argumenter nécessite une certaine virtuosité dans le maniement des mots, ce talent de la rhétorique dont il se sait privé.

C'est pourquoi, tandis qu'Alberto continue à fulminer contre l'influence néfaste de Giulietta, sa mainmise sur la tribu Padovani, Frédéric se tait.

Il écoute son interlocuteur comme il écoute toujours, la tête légèrement inclinée, avec beaucoup d'attention, avec une si parfaite commisération que l'autre pourrait le croire captivé par ses propos, pourrait même s'imaginer que Frédéric abonde dans son sens.

Je suis un lâche, un faux jeton, pense-t-il, je devrais lui rabattre son caquet et partir en claquant la porte. Après tout, j'ai obtenu ce que je voulais, il m'a remis les carnets, je n'ai plus rien à faire ici.

Mais il reste. Il est bien sévère avec lui-même car, plutôt que lâche, il est timoré, Frédéric. Et il n'est pas davantage un faux jeton. C'est bien pire : il commence à prendre plaisir à entendre dénigrer Giulietta. Jamais personne n'a osé parler d'elle en des termes aussi injurieux, aussi définitifs. Giulietta accusée, jugée, mise au pilori, voilà qui est nouveau et pourrait modifier bien des perspectives.

Frédéric est acculé à ce constat : ce qui devrait le révolter ou, à tout le moins, le faire réagir lui procure une sorte de délectation.

Et soudain, il n'écoute plus Alberto. C'est la voix d'un garçon de dix ans qu'il entend, la sienne.

Il se souvient. Il a dix ans, un homme vient d'arriver à La Villa, un de ces hommes pour lesquels Giulietta devient chatte, devient chienne, et que Frédéric déteste. Celui-ci a le droit de prendre sa mère par la taille, de lui toucher les cheveux, de caresser ses épaules nues. Elle, ses yeux brillent, sa voix devient miel quand elle s'adresse à son "invité", et elle lui coule des regards qui vous tordent le ventre.

Il y a deux jours que l'homme est là, Frédéric a dix ans et il se sent abandonné, dépossédé au profit de cet étranger.

Le deuxième soir, on finit de dîner sur la terrasse, face à la mer. Il fait beau, c'est la fête à Portofino, Giulietta a promis qu'on s'y rendrait tous ensemble dans un moment. Bien sûr, l'intrus sera de la partie, qu'à cela ne tienne, on tâchera de faire contre mauvaise fortune bon cœur.

On vient de servir le café quand Giulietta ordonne à Frédéric d'aller chercher la pipe que "l'invité" a oubliée dans sa voiture. Frédéric ne bronche pas, ne bouge pas. Sa mère répète l'injonction. Qu'il aille la chercher lui-même, répond le garçon. Alors, la gifle est lancée, qui met sur sa joue la brûlure, et dans son cœur l'humiliation. Séance tenante, le jeune insolent est conduit dans sa chambre, enfermé là à double tour, écarté des réjouissances de Portofino : il semble à Frédéric que le châtiment est disproportionné en regard de sa faute.

Quand les autres s'en vont, quand il se retrouve seul dans la maison, le garçon se met à hurler : Salope ! Sorcière ! Putain !

Il ignorait qu'il possédait ces mots, il n'en connaît pas la signification exacte, mais les jeter dans le silence de La Villa désertée le soulage.

Face à son beau-frère, le Frédéric d'aujourd'hui se demande si Giulietta aura consigné cet incident dans son journal. Il lui tarde d'aller le vérifier. Il se lève, prend congé d'Alberto. Il emporte les carnets bleus.

JOURNAL DE GIULIETTA

Fragments

Portofino, 10 avril 1986

Mariage de Loretta, ma benjamine. Toujours soucieuse de bien conduire sa vie, elle attend de moi des conseils, autant dire des “recettes”. De quelle sorte de pouvoir me croit-elle investie ? Ce matin, alors que ses sœurs s’activaient autour d’elle, la paraient des blancheurs virginales assorties à la circonstance, elle me demande comment garder ce Manuel dont elle est très éprise et qui va devenir son mari. Je lui réponds : *Ne l’épouse pas.* La pauvrette suffoque sous son voile et se met à pleurer. Ses sœurs s’efforcent de la consoler et me considèrent avec reproche. Désolée, mais j’ai dit le fond de ma pensée, en toute sincérité. Loretta a eu tort de s’adresser à moi, je ne puis être de bon conseil en la matière : chacun sait que je n’ai jamais été un parangon de fidélité ou de vertu. Quant à la durée de l'amour..

Portofino, 25 mai 1987

La question est de savoir si l'amour maternel peut se dupliquer. Je ne le crois pas. Le mien est égal en intensité, mais il diffère en fonction de la personnalité de chacun des enfants, et des affinités que j'ai avec l'un ou l'autre.

Mes enfants : des adultes qui restent des enfants. Tous réclament un partage équitable de mon attention, de mon affection, de mon temps. Ils oublient que les livres me requièrent et exigent beaucoup de moi, eux aussi.

Cette sensation de plus en plus fréquente que les enfants, comme les livres, me vampirisent.

Grande fatigue ces jours-ci.

Portofino, 5 juin 1987

Inquiétude diffuse à me sentir de jour en jour plus lasse. De plus en plus souvent, le moment qui suit, le moment à vivre se présente comme une porte solide, hermétique, qui me résiste, à laquelle je me heurte et que je dois cependant forcer. Une fois que je l'ai franchie, j'éprouve un grand soulagement. Mais je sais qu'un autre de ces moments viendra. Je ne comprends pas ce qui m'arrive.

Lausanne, 24 juillet 1988

Jamais encore je n'avais déserté La Villa en plein été. Mais le courage me manquait pour régenter la maison soudain envahie par la tribu Padovani, j'ai préféré m'éclipser sans révéler ma destination à quiconque. Ainsi, tandis que les enfants jouissent des plaisirs de la saison à Portofino, je me retrouve pour quelques semaines dans un de ces établissements pour riches rombières où tout n'est pas "luxe, calme et volupté" mais bien plutôt "luxe, calme et vétusté". Mais trêve de dérision : n'es-tu pas ici pour te reposer ? Par conséquent, tu te reposes et tu mets en veilleuse ton fameux esprit caustique : affectueuse prescription de Giu à Giu…

Portofino, 10 octobre 1988

J'assiste, stupéfaite, au naufrage de ma beauté. Découvrir sur soi les marques de flétrissure, les premiers signes patents de la décrépitude, est horrible. Mais peut-être ne sont-ils pas si récents, ces signes, peut-être me suis-je seulement refusée à les voir jusqu'ici. Car admettre que l'on vieillit, que l'on n'est plus en âge de se permettre ceci ou cela – plus d'épaules nues, plus de jupe au-dessus du genou – équivaut à cravacher la vieillesse : alors, elle fond sur vous au triple galop. A quels renoncements ne faut-il pas consentir si l'on veut s'épargner le ridicule…

Et toujours cette fatigue que le fastidieux séjour en Suisse n'a pas réussi à éradiquer. Elle s'est nichée dans mes os, elle est tapie dans mon âme et ne me lâche plus.

Portofino, 16 novembre 1988

J'ai découvert un "truc" qui non seulement stimule ma mémoire, mais encore a le don de m'enchanter. Je me plante devant les rayonnages de la bibliothèque : un titre, un nom sur le dos d'une couverture s'imposent à mon regard et aussitôt je suis transportée dans le livre, c'est-à-dire ailleurs, toute la vie qui bat, là, entre les pages, afflue, m'envahit. C'est comme une transfusion bienfaisante, je me sens soudain régénérée. Et je n'ai qu'à glisser le long des rayonnages, à m'arrêter plus loin et à renouveler l'expérience : le phénomène – le miracle ? – se reproduit.

Portofino, 12 décembre 1988

Suis-je en passe de devenir une mère, une grand-mère indigne ? La perspective des fêtes de Noël qui approchent m'épouvante. Aucune envie de festoyer avec les miens, de me soumettre à tous ces rites imbéciles. Il faudra pourtant consacrer un certain nombre d'heures aux achats, arpenter les galeries marchandes, explorer les boutiques, et choisir un cadeau pour chacun.

En tout cas, je ne me mettrai pas en cuisine pour préparer le repas du réveillon, je veux m'épargner cette corvée. Ma décision est prise : je commanderai le festin chez un traiteur et le ferai livrer.

Je ne me reconnais plus : moi qui n'ai jamais ménagé ma peine et mes efforts dès lors qu'il s'agissait de dispenser la joie autour de moi, voilà que je cherche à m'économiser. Que se passe-t-il, Giu ?

Portofino, 28 décembre 1988

Finies les agapes et les joyeuses débauches familiales qui prennent prétexte de la Nativité pour se donner cours. Grosso modo, tout s'est plutôt bien passé. Je m'applique à dissimuler aux enfants cette déperdition d'énergie qui m'affecte et me préoccupe chaque jour davantage. Seul couac en cette période de fête où tous avaient rallié La Villa : j'ai décliné l'invitation des enfants à les accompagner à la messe de minuit. Mais ils sont très respectueux : aucun ne m'a demandé raison de ce refus. J'ai pu me mettre au lit assez tôt avec un livre, l'un des rares bonheurs qui me restent.

Portofino, 10 janvier 1989

Fatigue. Fatigue. Fatigue. Et un désintérêt grandissant pour tout, du plus lointain au plus proche.

A l'entame de l'année, je devrais prendre des résolutions, puisque l'usage le recommande, et les bonnes, cela va sans dire. Mais lesquelles ? Je ne sais pas. Consulter ? Me faire soigner ? De quoi ?

Tout au long de ma vie, j'ai pu éviter de fréquenter la clique médicale. Qui a toujours connu l'entente cordiale avec soi-même, qui a vécu en accord et en complicité étroite avec son corps répugne à le confier à l'examen des spécialistes quand survient la première défaillance. C'est mon cas. Donc, autant que possible, surseoir encore. *Wait and see...*

Portofino, 15 mars 1989

Tout me coûte désormais : le moindre geste de la vie quotidienne exige de moi un effort. De même, j'ai de plus en plus de mal à réfléchir, à me concentrer, et cela m'affole au plus haut point. Comment pourrai-je écrire si ma tête se délabre, elle aussi ?

Plus beaucoup d'appétence pour les sorties, les baignades, les conversations. En outre, aucun appétit. Mais je me force à manger en présence des enfants. Bien sûr, je maigris.

Portofino, 12 avril 1989

Tout miracle m'est désormais refusé : je ne peux plus recourir au "truc" de la bibliothèque. J'ai beau passer de longues minutes en station devant les livres alignés sur les rayonnages, il ne se passe rien : leurs titres ne me parlent plus, j'ai oublié leur contenu, toute la charge de vie et d'émotion qu'ils portent est hors de mon atteinte. Pour moi, ils sont là, comme morts. C'est effrayant…

GIULIETTA

Il y a quelqu'un couché... dans mon lit... qui bouge dans mon lit... je me réveille... je vois la petite... celle qui a ce joli nom... Loretta, je crois... Elle m'embrasse les mains... elle pleure... c'est drôle... cette fille qui pleure toujours...

Elle dit... pardonne-moi, maman. j'avais besoin de toi... de te voir... je ne voulais pas te déranger... pas te réveiller. Mais elle me réveille... elle me dérange, bien sûr. Quoi, maman ?.. Qu'elle s'en aille... qu'elle s'en aille...

Cette grande bringue qui venait... je ne la vois plus... elle me manque... A sa place, on m'envoie une vieille... Elle veut faire amie-amie avec moi.. quel toupet !... Elle dit qu'elle me connaît… qu'elle a lu les livres de Giu… Quels livres ?

C'est une menteuse encore… Elle dit… je vous admire. . moi, je ne l'admire pas… elle a de la moustache… et aussi des verrues sur les mains… Qu'elle ne me touche pas… surtout qu'elle ne me touche pas…

Celle avec la moustache et les verrues… dit qu'elle veut bavarder avec moi… je ne bavarde pas, moi… madame… bavarde pas avec n'importe qui… bavarde pas avec une moustachue… Ça la fait taire… Bien fait.

Elle recommence… On fait la causette ou vous préférez la lecture ?… Je ne réponds pas… ça recommence… les livres qui montent à côté de moi… un grand tas… une colonne de livres… Choisissez, madame… je les flanque tous par terre… Voilà… j'ai choisi… tu es contente ?

La moustachue m'apporte des photos… des photos avec ses petits-enfants dessus… elle veut me les montrer… que je les regarde… Je crie… Ces gens… sur les photos… qui sourient… qui ne bougent pas… qui sourient sans bouger… ils sont morts, c'est sûr. Ils me font peur… je crie pour qu'elle les enlève.

PIERRE

A son tour, il a lu les carnets que lui a remis son frère Frédéric. Il en est encore tout chamboulé. Il y a des heures qu'il les a refermés, rangés en lieu sûr, mais il ne parvient pas à s'en extraire.

Il se doutait que Giulietta avait perçu les signes avant-coureurs de son déclin. A présent, il en a la certitude : c'est écrit noir sur blanc dans le journal qu'elle tenait à la fin des années quatre-vingt. Pendant des mois, elle a observé la progression du mal qui allait la terrasser, mais elle n'a rien divulgué de son angoisse, de ses souffrances. Elle ne se confiait pas, elle ne se plaignait pas ; jusqu'à l'extrême limite elle a voulu donner le change et elle y est parvenue.

Il n'a pas oublié cet été où elle leur a laissé la jouissance de La Villa pour disparaître sans fournir la moindre explication. Ils étaient à mille lieues d'imaginer qu'elle séjournait en Suisse, dans une maison de repos. Pour eux, bien qu'elle eût plus de soixante-dix ans à l'époque, il restait plausible qu'elle se fût offert une escapade amoureuse. A son retour, elle semblait détendue, presque gaie : son attitude pouvait entériner leurs soupçons, ils s'en étaient satisfaits.

Il n'a pas davantage oublié ce dernier Noël où elle renonça à son rôle de mère nourricière, où elle refusa d'assister à la messe de minuit. C'était un comportement nouveau, tout à fait inhabituel de la part de Giulietta, et ils étaient intrigués, certes. Mais ils ne posèrent pas de questions. En aucun cas on n'aurait eu l'outrecuidance d'interroger Giulietta, de lui demander de se justifier.

Quelle force en elle, quel courage, mais quel orgueil aussi, songe Pierre. Aucune femme n'a jamais souffert la comparaison avec Giulietta, son épouse Lucie moins que toute autre. Pierre sait qu'il a tort de se livrer à cet exercice : outre qu'il serait vain et ne ferait qu'accroître son désarroi, le moment est moins opportun que jamais. Néanmoins, il n'y peut résister, déjà il active sa balance mentale, se met à manipuler ses poids et ses mesures. Lucie, qu'il a choisie, la mère de ses enfants, fait piètre figure auprès de la géante, de la formidable Giulietta. Charmante certes, aimable et aimante, mais comme elle paraît falote et sans consistance auprès de sa mère : elle ne lui arrive pas à la cheville, voilà, c'est dit. Les Lucies charmantes, aimables et aimantes abondent en ce monde, on peut en croiser tous les jours. Il n'y a qu'une seule Giulietta.

Mais il ne veut pas penser à Lucie, il risquerait d'être trop sévère et peut-être injuste. Déjà, il l'écarte, cela lui est facile, elle n'occupe qu'une place exiguë dans son esprit. Et s'il ne s'agissait que de l'esprit…

Ce qu'il y a, ce qu'il y a eu avec Giulietta, c'est cet amour porté à la démesure, installé dès l'enfance dans la démesure. Un amour trop grand. Tout ce que les fils Padovani – il croit pouvoir témoigner au nom de ses frères – pouvaient éprouver au sortir de cette enfance, quand ils sont devenus des hommes, se limitait à une fade approximation de cet amour-là. Giulietta leur avait exténué le cœur. Celles qui devaient venir ensuite tenir dans leur vie le rôle d'amante, d'épouse, étaient disgraciées d'avance quels que fussent leurs atouts, leurs vertus. Les dés étaient pipés : on ne leur offrait, justement, qu'un rôle – et un rôle secondaire – à jouer.

Sans doute la charmante, l'aimable et aimante Lucie méritait-elle mieux que cette terre brûlée au grand feu dévorant de Giulietta : lui, Pierre. Lucie, tout comme Eléonore, Livia ou l'épouse de Frédéric – son prénom lui échappe –, ont manqué de chance et, peut-être, de clairvoyance. Quant à eux, les fils Padovani, ils ont été assez présomptueux pour se croire capables de construire un foyer normal, en dehors de leur mère. Ils se sont trompés, ils n'ont rien construit de stable, de durable. De durable, il n'y a que cet amour fiché en eux depuis la prime enfance, cette douleur d'aimer l'inaccessible.

Il se dit que longtemps après que Giulietta aura cessé de respirer et qu'on lui aura fermé les yeux, cette douleur restera vivante. Leur mère cessera de vivre un jour, mais la mort ne fera pas cesser cette douleur de l'aimer, de l'avoir trop aimée.

Hier, ils étaient assis face à face. Leurs genoux se touchaient, il a mis ses mains sur les cuisses maigres de Giulietta – oh ! cette maigreur à frémir – et, à sa surprise, elle n'a pas protesté, ne l'a pas repoussé. Il aurait voulu trouver dans ce contact la force de s'arracher à elle, de la voir telle qu'elle était, une vieille folle rendue hideuse par l'âge et la maladie, une preuve de la non-existence de Dieu ou de sa cruauté.

Porter ses mains vers le cou de sa mère et serrer, serrer pour la délivrer, pour s'épargner, épargner à ses frères et sœurs cette vision horrible, cette insulte à tout ce qui fut la Giulietta de jadis, voilà ce dont il aurait voulu être capable en cet instant.

Mais Giulietta a dû sentir en lui cette attente trop violente, en lui cette menace, ce danger peut-être, et dans son regard est revenue la source depuis tant d'années confisquée, la source de toute lumière, de toute beauté, de toute consolation.

Alors Pierre s'est incliné vers l'avant, sa tête a ployé, est venue se poser sur les cuisses de sa mère. Et elle est restée là. Giulietta ne s'est pas insurgée contre cette familiarité trop grande, elle ne l'a pas repoussé. Elle a mis ses mains sur cette tête abandonnée. Et elles sont restées là.

Plus tard dans la soirée, Pierre est allé porter les carnets à Julius. L'aîné des Padovani sera la prochaine victime de cette lecture. A chacun son tour de porter la croix.

MARIETTA

Elle a toujours raconté ses frasques à sa mère, ses engouements, ses orages et ses peines d'amour, toutes les vicissitudes de sa vie sentimentale. Elles en riaient ensemble, leur complicité n'était jamais aussi grande que dans ces moments-là. Giulietta adorait ces confidences, elle réclamait toujours plus de détails, en redemandait sans jamais se lasser.

Ce soir, à l'heure du bain, pendant qu'elle tenait dans l'arc de son bras le corps décharné, à demi immergé de sa mère, ce corps qui ne pèse pas davantage que celui d'un enfant, Marietta s'est mise à lui conter sa dernière aventure. Elle lavait les cheveux de la vieille femme, ces cheveux que Giulietta perd en si grande quantité qu'ils laissent maintenant apparaître le rose de son crâne, et elle évoquait l'homme qu'elle venait de séduire. Comme autrefois, elle prétendait renouer le lien unique, restaurer la si précieuse proximité.

Elle disait comment, sans cérémonies, elle avait conduit celui-là jusqu'à son lit, elle décrivait leurs jeux entre les draps froissés, le plaisir pris à ces joutes, les tendresses, les fièvres. Le visage de Giulietta demeurait sans expression mais il était paisible et elle sentait son corps se détendre entre ses bras. A l'évidence, sa mère l'entendait, elle la comprenait.

Quand elle l'a soulevée, enveloppée dans un drap de bain pour la sécher, Giulietta ne s'est pas débattue, contrairement à son habitude. Elle restait calme, un peu dolente même.

Marietta l'a emportée jusqu'à son lit, lui a enfilé sa chemise de nuit, et elle continuait son récit, dans un murmure, comme s'il se fût agi d'une berceuse que l'on chantonne à l'enfant pour l'accompagner jusqu'au sommeil. Mais, outre ce souci d'apporter le bien-être à sa mère, il y avait aussi l'égoïsme qui donnait impulsion et rythme à son dévidoir de mots : car il lui était agréable, peut-être nécessaire, de parler de cet homme. A qui d'autre aurait-elle pu se confier ? Avec qui d'autre partager les fêtes des sens et du cœur ? Ses sœurs, il n'en était pas question, elles menaient une vie bien trop rangée pour la comprendre, s'amuser de ses débordements. Quant à ses frères, il était tout à fait exclu de les entretenir de ses secrets d'alcôve, une sorte de respect, ou de pudeur, la retenait : jamais elle n'avait osé, jamais elle n'oserait.

Pourtant l'aventure, cette fois, avait pris un tour nouveau : l'amant prétendait devenir mari. Après seulement quelques rencontres, il venait d'exprimer son désir de l'épouser. Et elle ne lui avait pas ri au nez lorsqu'il avait formulé sa demande. Cela aussi était une nouveauté.

Marietta, qui guettait les réactions de sa mère, a noté que cet aveu déclenchait une suite de rictus ou de spasmes grimaçants sur ses lèvres, et elle s'est empressée d'ajouter : *Mais je n'ai pas accepté, maman, tu sais bien, je ne me marierai jamais.*

Et pour rassurer la malade, la distraire de cette idée de mariage qu'elle semblait désapprouver, elle lui a montré la bague qu'elle portait au doigt. Elle savait que Giulietta n'avait jamais résisté à la vue d'un bijou. *Regarde ce qu'il m'a offert, maman... Elle est belle, n'est-ce pas ?*

Tout de suite, Giulietta a écarquillé les yeux et ces yeux brillaient de convoitise. Elle a tenté de saisir la main de

Marietta, de s'emparer du bijou. Par un jeu de mimiques très explicites, elle exprimait son désir qu'on lui donnât la bague. Marietta ne s'est pas fait prier, elle l'a retirée de son doigt et l'a passée à l'annulaire de sa mère. Maintenant, Giulietta riait aux anges. Tandis que d'un mouvement du poignet elle animait sa main, la faisait onduler sous ses yeux, elle riait aux scintillements de la pierre. Que s'est-il passé alors ? Peut-être a-t-elle eu un geste trop brusque et de son doigt si maigre la bague a glissé, elle est tombée sur le lit, a roulé, s'est perdue dans le fouillis des draps. Giulietta s'est mise à hurler, Marietta à chercher le bijou. Elle disait : *Ne t'en fais pas maman, elle est là, nous allons la retrouver.* Et encore : *Cette bague est trop grande, je t'en apporterai une autre, une plus belle encore et qui sera à ta taille.*

Giulietta hurlait toujours. La bague retrouvée, il a fallu la lui remettre au doigt.

Lorsque la garde de nuit est venue prendre la relève, Marietta était épuisée. Les choses s'étaient mal passées, elle se sentait flouée, coupable : par sa faute, Giulietta venait de faire une de ces crises qui la mettaient hors d'elle et la laissaient pantelante, brisée.

Rentrée chez elle, elle a battu sa coulpe, s'est fait reproche d'avoir donné cours à son besoin de s'épancher sans considération pour l'état de sa mère. D'avoir voulu ressusciter l'ancienne connivence. D'avoir exhibé la bague : c'était assurément une mauvaise idée, l'erreur à ne pas commettre.

Mais comment ne pas commettre d'erreur quand on passe une journée entière auprès d'un être qui tantôt vous ignore, tantôt trépigne, vous cherche querelle, ou s'ingénie à vous entraîner dans le labyrinthe de ses délires ? Forcément, on se met à imaginer des parades, des échappées, on essaie d'attirer et de fixer son attention, on tente n'importe quoi. Fixer l'attention de Giulietta au moyen de confidences plus ou moins salaces était à coup sûr une erreur.

Elle est lasse, Marietta, et sa fatigue, ce soir, s'aggrave de la conscience d'avoir mal fait un fort sentiment d'échec lui opprime la poitrine, lui enkyste le cœur.

Elle estime que tout cela ne peut plus durer. Ils ne sont plus que cinq à se relayer auprès de leur mère. Déjà, on a dû introduire trois étrangères à La Villa et Giulietta tolère très mal leur présence. Peut-être faudrait-il envisager de la confier à un établissement spécialisé où elle serait entourée, surveillée, soignée par des personnes compétentes. Marietta sait que si elle a l'audace de suggérer cette solution, elle soulèvera un tollé parmi ses frères et sœurs. Pourtant, tout comme elle, ils sont dans la détresse, ils sont au bout de leurs forces.

Il faudra trouver les mots, les arguments pour tenter de les convaincre quand ils se retrouveront samedi soir. La partie ne sera pas facile, elle va se les mettre à dos, ils seront choqués, c'est certain. Mais elle est décidée à courir le risque, cela ne peut plus durer.

GIULIETTA

La dame raconte des cochonneries… j'aime les cochonneries… encore… encore. L'homme-cochon a donné la bague à la dame… une pierre très belle… je la veux… là… à mon doigt. La dame est gentille… elle est d'accord… elle me la passe… après, la bague glisse… je la perds… ça ne va pas… je la perds dans le lit… Je crie… je pleure.

La dame promet que l'homme-cochon va en acheter une autre… plus petite… à ma taille… rien que pour moi. Je suis contente… je ne pleure plus… j'attends qu'on m'apporte la bague…

Ils tardent à me la donner… la bague… Toujours des promesses… toujours des mensonges…

Tu profites, monsieur… parce que je suis faible… Ta tête sur mes genoux… comment la soulever… C'est très lourd, une tête… Bon, profite… Mais je vais reprendre des forces… tu peux être sûr… et un jour je te chasserai… je vous chasserai tous.

Un bon à rien… l'homme-cochon… encore un menteur. Il m'a promis la bague… et la bague ne vient pas… Tant pis… je vais m'en acheter une… J'ai de l'argent… beaucoup d'argent, non ?… Il y a de l'argent dans mon sac… je le veux… qu'on me le donne… Je crie pour qu'on me donne mon sac.

LES CINQ

Ils n'ont pas eu besoin d'ajouter une rallonge au centre de la table. Puisqu'ils ne sont plus que cinq désormais.

Ils se sont assis en cercle, très proches, presque coude à coude. Au milieu, on a posé les cendriers, les bouteilles, les verres, les tasses et une thermos de café car il commence à faire froid. Peut-être auront-ils envie de café, a pensé Lucie, la femme de Pierre. C'est elle qui, toujours prévenante, a tout préparé avant leur arrivée. Ensuite, elle s'est éclipsée.

Loretta annonce qu'elle a acheté des éponges de Venise pour le bain de Giulietta.

— C'est ce qui existe de plus doux pour la toilette, explique-t-elle. La peau de maman est devenue aussi fine, aussi fragile que du parchemin, le moindre contact l'irrite. J'ai pensé que…

Marietta n'entend pas la suite, elle s'est déjà échappée vers des paradis de volupté. Ah ! les éponges de Venise dont elle ignore si elles sont vraiment pêchées dans les profondeurs des eaux de Venise, mais qu'elle sait si douces à la chair des amantes qui se prélassent dans des vasques aux couleurs d'aigue-marine…

Maintenant tournée vers sa sœur, Loretta ajoute à son adresse :

— Tu les trouveras dans une panière, sur l'étagère du milieu, dans l'armoire de gauche de la salle de bains.

Bon point pour la petite, songe Marietta, leur mère qui a toujours aimé le luxe ne manquera pas d'apprécier l'attention. Mais puisqu'il s'agit de se montrer pragmatique, retenir que les éponges ont été rangées dans l'armoire de gauche de la salle de bains, sur l'étagère du milieu.

Julius n'a pas encore desserré les lèvres. Les autres supposent que les carnets de Giulietta se trouvent dans la serviette de cuir qu'il a calée contre le pied de sa chaise. Les autres savent que seule leur lecture a pu allumer cette lumière noire que réfracte chaque à-plat, chaque relief de son visage, et que la tumeur d'amour qu'il porte dans la poitrine est maintenant gonflée à éclater.

C'est Marietta qui lance l'amorce dans l'espoir de le ramener à eux :

— Du nouveau, Julius ?

La question semble le tirer d'un songe. Il s'accorde un petit temps et répond :

— Rien d'autre que ce que chacun de nous a pu constater cette semaine. Maman ne supporte pas ses nouvelles infirmières, elle devient de plus en plus agressive…

— Oui, c'est vrai, approuve Pierre, nous l'avons tous observé et c'est bien regrettable. Mais je ne vois vraiment pas comment remédier à cet état de fait.

— Il y a un moyen…, reprend Julius. Si chacun de nous accepte de consacrer une journée supplémentaire à Giulietta toutes les cinq semaines, nous n'aurons plus besoin des infirmières de jour, nous pourrons nous en passer. Moi, je suis prêt…

— Tu es fou ! s'écrie Marietta. Est-ce que tu as vu ta tête ? Est-ce que tu nous as vus, tous ? Nous sommes exténués, au bout du rouleau, et tu voudrais encore…

— Oui, je le voudrais, dit Julius d'une voix glacée, sans timbre, qu'on ne lui a jamais entendue.

— Ne l'écoutez pas, il dit n'importe quoi ! Il déraisonne, il est prêt à tous les sacrifices.

— Pas toi ? demande Julius avec cette voix nouvelle qui donne froid dans le dos.

— Non ! Pas moi ! Nous devons nous préserver. Si nous t'écoutons, Julius, si nous te suivons, nous courons droit au mur, nous allons nous fracasser l'un après l'autre. Elsa est déjà hospitalisée, cela ne te suffit pas ?

— Elle a raison, cela suffit, déclare Pierre. Mais si maman refuse ses infirmières, comment résoudre le problème ?

— C'est très simple, il faut envisager de la placer dans un établissement spécialisé où elle bénéficiera des meilleurs soins.

Cette intervention de Marietta semble avoir tranché d'un coup toutes les langues. Elle le prévoyait, elle les connaît si bien : quatre paires d'yeux sont braquées sur elle, remplies d'un mélange d'effroi et de réprobation. Loretta commence à larmoyer, mais personne aujourd'hui ne semble s'émouvoir de ses larmes et, moins encore, disposé à la consoler.

La fratrie Padovani est là, pétrifiée autour de la table. Puis, dans le silence, la voix d'outre-tombe de Julius s'élève à nouveau :

— Je regrette qu'une idée pareille ait pu se former dans ton esprit, Marietta. Elle est indigne, elle est scandaleuse, elle est inacceptable… Y a-t-il pour nous une tâche plus importante, plus sacrée que celle que nous accomplissons auprès de notre mère ? J'attends ta réponse, je t'écoute…

— Bien sûr, il y en a une : il s'agit de vivre, de continuer à vivre. Je suis certaine que maman partagerait ce point de vue si elle était capable de s'exprimer. Elle ne nous a pas mis au monde pour vouloir aujourd'hui notre perte.

A peine le dernier mot de cette tirade est-il tombé entre eux que Julius se dresse d'un bloc : l'on croirait voir une statue qui s'ébranle, se dirige vers la porte.

L'aîné des Padovani vient de quitter la pièce sans un mot, sans un adieu. Pour la première fois depuis trois ans, la séance du samedi soir s'achève par forfait.

Oubliée ou abandonnée à dessein, la serviette de cuir de Julius est restée là, contre le pied de la chaise qu'il occupait.

LORETTA

Après le départ – la fuite ? – de Julius, ils se sont aperçus qu'ils ne pouvaient plus rien. Privés de la présence du frère aîné, sans sa participation, sa pondération, il ne leur était plus possible de poursuivre, de continuer à se parler. A leur tour, ils ont repoussé leurs chaises, se sont levés. C'est alors que Pierre a buté contre la serviette de cuir de Julius.

— Qui va se charger de la lui remettre ? a-t-il demandé.

Son regard a glissé de l'un à l'autre et s'est arrêté sur Loretta.

— Toi, peut-être ? Il a désigné la serviette et ajouté : Il y a là le journal de maman, tu es la seule qui ne l'ait pas encore lu.

Elle s'est écartée vivement de la table, de Pierre, d'eux tous, elle criait :

— Non ! Non ! Je ne veux pas le lire, vous ne me forcerez pas !

— Personne ne songe à te forcer, a dit Marietta, calme-toi, petite…

Oh ! cette Marietta et ses grands airs de femme libérée qui s'estime supérieure et se voudrait magnanime. Elles n'ont qu'un an de différence, mais elle la traite toujours de haut, elle prétend la tenir enfermée dans une bulle de puérilité, cela devient intolérable. Et c'est la même qui propose d'hospitaliser leur mère, de l'abandonner à des mains étrangères. Pendant quelques secondes, Loretta a détesté sa sœur, l'a vouée aux gémonies. Pour une fois, elle a gardé les yeux secs. Elle a pris congé des autres dans la précipitation, comme si elle craignait encore qu'ils lui fourrent de force entre les mains les carnets de Giulietta.

Elle est partie vite, trop vite ce soir-là, comme si elle courait à un rendez-vous. Mais elle n'avait aucun rendez-vous, personne ne l'attendait chez elle ni ailleurs. Dans sa voiture, elle a été tentée de faire un crochet par La Villa mais elle a réussi à se raisonner, à résister à cette impulsion, à s'épargner l'inévitable rebuffade.

Depuis quelques semaines, Loretta vit seule. Elle s'efforce de s'accommoder de cette solitude, elle compose et pactise avec elle. Elle apprend à accepter son sort, elle s'y applique en bonne élève. Elle pleure moins aussi, elle s'endurcit : elle grandit. Elle adopte peu à peu des habitudes, des rythmes de vieille fille : chaque chose à sa place, chaque chose en son temps. C'est elle qui décide de tout, ce n'est pas désagréable. Tout devient plus facile lorsque l'épreuve que l'on redoutait est advenue. Dès lors que le pire est arrivé, on n'a plus rien à craindre, n'est-ce pas ? Antoine est mort, Manuel est parti, mais elle tient bon, elle continue : elle s'astreint à se préparer des petits plats, elle se rend à son travail et elle occupe ses heures de liberté à visiter les boutiques, à renouveler sa garde-robe. Giulietta ignore évidemment comment elle se comporte face à ce malheur, la perte presque simultanée d'un frère et d'un mari. C'est son seul regret. Elle aurait voulu que sa mère lui décerne des lauriers, ne les a-t-elle pas mérités ? Elle aurait tant aimé obtenir son adhésion, susciter sa fierté. Il n'y faut pas compter, bien sûr, il faut se contenter de penser que Giulietta serait fière d'elle si elle avait toute sa conscience, si elle était encore capable de savoir, de penser, d'éprouver. Et Loretta se console, se berce avec cette idée.

Loretta a une amie qui vient de perdre son père et qui n'a pu se résoudre à le voir mort, qui ne lui a pas donné le dernier baiser. Cela s'est passé il y a quelques semaines. Depuis, elle se reproche d'avoir manqué de courage, elle ne se pardonne pas son recul devant la dépouille mortelle du père. Cette histoire trouble beaucoup Loretta. Elle ressent une culpabilité du même ordre que celle de son amie. N'a-t-elle pas refusé il y a quelques heures encore de lire le journal de Giulietta ? Elle ne pourrait avouer à quiconque les raisons précises de ce refus. Lorsqu'elle s'abrite derrière le respect du jardin secret d'autrui pour le justifier, elle ne dit pas tout, elle ne dit rien. En vérité, elle n'écarte la lecture des carnets que parce qu'elle cherche à se protéger. C'est une mesure de sauvegarde, un garde-fou dont elle est seule à connaître le caractère indispensable, l'absolue nécessité. Car il y a eu naguère, entre Manuel et la si belle, la trop belle Giulietta, une histoire, une passion. Loretta en a la certitude bien qu'elle n'en ait jamais eu la preuve. Cette preuve, elle a peur de la trouver aujourd'hui entre les pages du journal de sa mère. C'est pour cela qu'elle se garde bien d'interroger ses frères et sœurs sur son contenu. C'est pour cela qu'elle ne le lira jamais. Les autres devront se satisfaire d'un refus pur et simple. Les autres n'ont pas à savoir que son refus n'est ni pur, ni simple.

Loretta a un vieux contentieux avec sa mère. Elle ne peut l'oublier mais elle ne veut pas le réactiver. Si, quelque part dans son journal, Giulietta évoque sa relation coupable avec Manuel, elle préfère ne pas le savoir. Elle subodore que cela s'est passé au cours de leur deuxième année de mariage, elle a recueilli à l'époque des signes, des regards, des indices qui ne trompent pas et sur lesquels se sont forgés ses soupçons. Mais ces soupçons, elle ne veut pas les voir confirmés de la main même de sa mère. Giulietta a été une grande séductrice, il n'est pas exclu qu'elle ait pris plaisir à séduire Manuel, il n'est pas irréaliste de penser qu'elle a pu être sa maîtresse. Que sa mère ait été sa rivale pendant quelques semaines ou quelques mois, à certain moment de leur vie, doit rester une probabilité. Le léger doute que Loretta entretient à propos de la réalité de cette histoire est un voile qu'elle entend maintenir sur cette probabilité.

Bien sûr, elle y pense, les circonstances présentes lui offrent mille occasions d'y penser, de se torturer. Ce corps-là, ce corps de Giulietta, délabré, ravagé, qu'elle déshabille et baigne une fois par semaine, a-t-il connu les caresses, les étreintes de Manuel ? Ce corps-là, dont elle est issue, a-t-il été une fois, plusieurs fois, le corps d'une rivale ? Cette femme-là, qu'elle tient entre ses bras, qui a perdu tous ses attraits de femme, à laquelle elle se dévoue sans ménager sa peine, cette femme l'a-t-elle trahie jadis ? Loretta ne veut pas le savoir. C'est pourquoi elle se défend de lire jamais les carnets bleus.

JULIUS

Il les a lus, lui, il n'a pas su, comme Loretta, résister aux pressions de la fratrie.

Aujourd'hui, il assume la garde de Giulietta. Il découvre que la lecture des carnets rend encore plus difficile le face-à-face avec elle. Parce qu'il est plus avide d'elle que jamais, parce qu'il est devenu insatiable. Parce qu'il se sent comme un drogué en manque.

Il déplore que sa mère se soit montrée si inconstante dans la rédaction de son journal. Elle a laissé filer des jours, des semaines, des mois sans rien consigner, il le regrette. Il aurait tant voulu l'accompagner pas à pas, jour après jour, connaître dans le détail sa vie tout entière.

Dans un premier temps, il redoutait cette lecture, mais à présent il rêve d'un journal qui n'aurait pas eu de fin, auquel il se serait adonné entièrement, dans lequel il se serait perdu et retrouvé.

Il regarde Giulietta qui ne lui prête aucune attention, occupée qu'elle est à suçoter un bonbon puis à le recracher dans sa paume ouverte. C'est un jeu dégoûtant et qui peut durer indéfiniment. Elle suce le bonbon, le crache, le remet dans sa bouche, le recrache. Sa paume est déjà poisseuse et une bave collante lui dégouline à la commissure des lèvres. Il la regarde, il pense : Chère mère, je rêve, je rêve, je rêve, et toi, maîtresse de mes rêves, tu es au-delà de toute réalité.

Encore quelques instants de ce manège avec le bonbon et il devra se lever, le lui retirer, aller mouiller un gant à côté et lui nettoyer doucement la bouche, les mains.

Il sait qu'il a été le premier à occuper le ventre de cette femme, à se nourrir d'elle. Il rêvait de se nourrir de ses mots et, redevenu fœtus, de rester lové entre ses phrases, entre ses pages, mais Giulietta ne l'a pas permis : elle était un scribe irrégulier qui jetait ses notes sur le papier par intermittence et seulement quand elle en ressentait la nécessité.

Il sait pourquoi il se sentait si mal samedi dernier, chez son frère Pierre : les carnets n'étaient pas sa propriété, il allait devoir s'en dessaisir, les restituer à la fratrie. Il s'en veut un peu de s'être montré si peu aimable, presque odieux avec les autres.

Bon, il faut se secouer, le moment de débarbouiller Giulietta est venu.

Elle se laisse faire, la misérable suceuse de bonbons : docile, gentille, presque gracieuse, elle accepte le gant sur son visage, sur ses mains, et aussi les gestes doux de Julius. Elle ne réclamera pas d'autres sucreries avant deux bonnes heures.

Alors qu'il va reprendre son poste dans un fauteuil face à Giulietta, Julius remarque une tache blanche sur la desserte, à sa droite : une enveloppe qui, pourtant, a été placée là, bien en évidence. C'est étrange qu'il ne l'ait pas vue lorsqu'il est entré tout à l'heure, se dit-il.

Sur l'enveloppe, une inscription : *Aux enfants Padovani.* Il l'ouvre, en sort le message, le lit :

L'attitude de rejet de votre mère à mon égard m'oblige à renoncer à mon service auprès d'elle. Je souhaite de tout cœur que vous trouviez une accompagnatrice plus conforme à ses vœux. Je suis désolée. Avec mes sentiments les meilleurs.

Une signature, celle de l'infirmière que Giulietta appelle "la moustachue"

Bon. Il a tardé à "voir" l'enveloppe, à dégoupiller cette grenade qu'était l'enveloppe, et elle vient de lui exploser au visage. Pendant des heures, il s'est ingénié à écarter de son esprit la proposition monstrueuse de Marietta, il a voulu ignorer cette incompatibilité irréductible entre Giulietta et ses infirmières.

Mais à présent que la déflagration a eu lieu, que les données – les morceaux – du problème sont là sous ses yeux, il se sent tenu de les rassembler, de les agencer comme les pièces d'un puzzle. Il s'agit d'obtenir, d'inventer la composition correcte, la solution satisfaisante.

Giulietta s'est endormie, fraîche et proprette après le passage du gant, la tête abandonnée contre le dossier de son fauteuil. Julius la contemple, il rêve d'un ange en blouse blanche, un ange de compassion, un diable en séduction qui aurait capacité d'obtenir l'agrément de sa mère, de la charmer, de lui ravir les yeux et le cœur. Mais il ne croit plus à ange ni à diable, Julius. Il est dans l'impasse, il ne voit pas de résolution possible au dilemme qui lui est proposé, imposé.

Quand il confiera sa mère à la garde de nuit, quand il partira tout à l'heure, il emportera, éparses et en vrac, les pièces du puzzle qu'il n'aura pas su reconstituer.

GIULIETTA

Le monsieur me dit… parle-moi de Bagdad… c'était beau Bagdad ?… Bagdad… connais pas… connais pas… c'est loin. Ah ! si… peut-être… J'achetais des bijoux… des pierres… je mangeais le poisson du Tigre… Je veux un poisson du Tigre, monsieur… il dit… Mais tu n'aimes pas le poisson, maman… Ah ! bon… tu crois ?… je ne sais pas…

Et l'autre encore… Tu aimais les voyages, maman… tu prenais le train… parle-moi de tes voyages en train… Quoi, parler ?… toujours parler… Le train… ça ne se parle pas, monsieur… Tu le prends… tu t'en vas… tu reviens. Les trains sont des traits qui filent dans le paysage… des traits seulement… et toi tu es dedans… un point dans un trait… content ou mécontent… en partance ou de retour… C'est tout.

Qu'est-ce qu'ils ont ?… Toujours des questions toujours à m'interroger… me faire dire… les uns après les autres… Ils me fatiguent… Ils soulèvent des choses très lourdes… lourdes comme des pierres. Dessous… il y a des trains… des traits… des villes… Naples… Babylone… Rome… Qu'est-ce qu'ils me veulent ?

La petite qui pleure me lave… j'aime quand elle me lave… dou… doucement… Elle me fait du bien. Je n'aime pas quand elle pleure… Je lui dis… si tu ris… tu auras une récompense… un cadeau, c'est promis.

J'ai promis… Ça m'embête parce qu'elle rit maintenant… et moi je n'ai pas de cadeau… je dis à la moustachue… il faut que je sorte… que j'achète un cadeau pour la petite Loretta… La moustachue ne veut pas m'écouter… pas m'entendre… Je vais la tuer… celle-là… si ça continue.

Je n'ai pas de cadeau pour la petite… ça me rend triste. Peut-être je lui donnerai un bonbon… quand elle viendra. J'ai plein de bonbons… de toutes les couleurs… dans une boîte… Je lui en donnerai un… elle doit les aimer… comme moi… Moi, on ne me laisse pas les sucer jusqu'au bout… on me les enlève… Mais la petite sucera le sien… elle le croquera si elle veut… je surveillerai… personne ne lui prendra son bonbon.

FRÉDÉRIC

Dimanche, il s'est brisé la cheville gauche en dévalant le sentier qui mène de La Villa à la mer.

Tout au long de leur enfance, les petits Padovani ont entendu Giulietta répéter cette mise en garde : *Ne courez pas quand vous descendez à la plage. Inutile de vous précipiter, la mer vous attendra, elle sera toujours là.*

Ce dimanche, Frédéric n'a pas entendu la recommandation de Giulietta, ou il l'a oubliée, ou il en a fait fi. Il a couru, il est tombé : fracture ouverte.

Il ne garde pas souvenir de l'instant précis de sa chute, si ce n'est ce bruit de son corps – une infime partie de son corps – qui se cassait : comme si l'on rompait une baguette de pain très sec, du pain rassis, contre son oreille. Ce bruit-là, il l'entendra jusqu'à son dernier jour.

Il a perdu connaissance. Quelqu'un l'a découvert un peu plus tard, marionnette désarticulée sur les derniers rochers avant la plage, et a donné l'alerte. On l'a emmené, opéré, on lui a plâtré la jambe, des orteils au genou. La sanction a suivi l'imprudence : quarante jours d'immobilisation totale, le temps que les os se ressoudent.

Ses frères et ses sœurs passent le voir, se relaient à son chevet. On le sermonne avec tendresse, avec sévérité, il en entend de belles.

— Quelle idée d'aller voir la mer au mois de janvier !

Il se défend comme il peut, il affirme que la mer est toujours belle, même au mois de janvier.

— Pour dégringoler comme ça, tu as couru, c'est sûr…

— Si au moins tu avais mis de bonnes chaussures…

— Si tu n'avais pas sauté comme un cabri, tu n'aurais pas dévalé la pente…

Il est las de les entendre, de s'expliquer, de se défendre. Il voudrait qu'on lui obture les oreilles et la bouche avec le même plâtre qui maintient sa jambe, ça l'arrangerait, Frédéric, au moins aurait-il la paix.

Il sait que son accident creuse une nouvelle faille dans le rang des Padovani et se sent un peu coupable : invalide pour plusieurs semaines, il n'est plus d'aucune utilité à la fratrie. Comment les autres vont-ils s'organiser et accomplir leur mission auprès de Giulietta maintenant qu'ils ne sont plus que quatre ?

Julius dit :

— Ne te tracasse pas, on se débrouillera.

Marietta dit :

— Ça devait arriver, j'en étais sûre. Avec toute la fatigue accumulée, pas étonnant que tu te sois cassé la figure (bien sûr, c'est une façon de parler, celle, abrupte, de Marietta).

La sœurette reste sur ses positions : elle insiste, elle enfonce le clou, elle se sert de lui pour administrer aux autres la preuve que son analyse était pertinente et sa suggestion d'hospitaliser Giulietta on ne peut plus fondée.

Marietta magnifique et terrible dans son emploi de pythie. Elle s'en tire très bien aussi lorsqu'elle joue le rôle de la mouche du coche : harcelante et exaspérante.

Frédéric n'aime pas entendre sa sœur bourdonner autour de lui. En son for intérieur, il est néanmoins obligé d'admettre qu'elle est dans le vrai. Il n'est pas tombé parce qu'il courait ou portait des chaussures inadaptées. Il est tombé parce qu'il a eu un vertige. Les autres ne le savent pas, il ne l'a dit à personne, pas même à sa femme. Il ne veut pas donner raison à Marietta. Il ne veut pas qu'on emmène sa mère à l'hôpital.

Les visites de Loretta sont autrement rafraîchissantes et reposantes. Elle lui apporte des fleurs ou des friandises et, dans la deuxième occurrence, l'invite au partage car, dit-elle en riant, immobile comme il l'est, il prendrait vite de l'embonpoint. Ils grignotent ensemble des sucreries, Frédéric n'a pas besoin de parler, il est bien, Loretta se charge de la conversation. Elle babille, donne des nouvelles de la pluie et du beau temps, virevolte dans la pièce et le quitte soudain après lui avoir piqué un baiser sur le nez.

Pierre n'a émis aucune hypothèse sur les causes de sa chute. Cet homme-là n'avance jamais rien qui ne soit étayé par des preuves. Dans le cas présent, faute d'assurances sur les circonstances de l'accident, il a choisi de se taire. Pierre l'entretient de ses diverses activités, de ses sorties, des efforts de la fratrie pour trouver un arrangement qui soit profitable à Giulietta et puisse convenir à tous. Il ne s'attarde jamais dans la chambre de son frère impotent car son emploi du temps est saturé d'occupations, d'obligations plus ou moins futiles, plus ou moins mondaines. Au bout d'une demi-heure, il lui donne une bourrade affectueuse et prend congé.

C'est encore la compagnie de son frère aîné que Frédéric préfère entre toutes. Julius est celui qui le renseigne le plus volontiers sur l'état de leur mère. Dès qu'il évoque Giulietta, il devient prolixe, il parle, il parle, volubile, intarissable. Quand Julius parle ainsi, il est beau, il paraît plus grand, on le croirait presque heureux.

Il ne dit pourtant rien d'essentiel ou de bien nouveau : que Giulietta se montre de plus en plus gourmande, qu'elle exige maintenant des bonbons au miel et dédaigne les chocolats dont elle raffolait ces jours derniers.

Julius raconte aussi qu'il l'a interrogée sur son séjour à Bagdad :

— Elle semble avoir oublié sa mésaventure à la mosquée mais se souvient qu'elle a acheté là-bas des bijoux et s'est régalée de poisson.

— Du poisson ? s'étonne Frédéric. Mais elle le déteste…

— Exact. Il n'empêche qu'elle m'a réclamé un poisson du Tigre. Tu te doutes que j'aurais été bien en peine de lui en faire servir. Heureusement, l'envie lui en est très vite passée.

Les deux frères rient. Giulietta Padovani a encore le pouvoir de mettre ses fils en joie.

PIERRE

Pierre a une belle voix de baryton. A vingt ans, il se voyait acclamé par le public du San Carlo ou de la Scala pour avoir entonné et chanté de façon magistrale l'air de Iago dans *Otello*.

Mais son beau rêve a avorté : lui qui désirait tant se consacrer à l'art lyrique est aujourd'hui pharmacien. Tout de même – mais cela ne constitue pas une véritable consolation –, il travaille sa voix dans une chorale d'amateurs.

Parfois, il se dit qu'il est passé à côté de sa vie et ce constat lui laisse un goût amer dans la bouche. A qui la faute s'il n'a pas réalisé ses ambitions de jeunesse ? Rien ni personne ne l'empêchait d'aller à Rome ou à Milan poursuivre des études musicales lorsqu'il avait dix-huit ans, il ne peut même pas dire que sa vocation a souffert d'être contrariée.

Sa mère, à l'époque, n'a exercé aucun droit de veto, elle n'a jamais cherché à le décourager. Pendant des mois, alors qu'ils débattaient sur le sujet, Giulietta ne s'est pas opposée à son projet : elle l'écoutait même avec beaucoup de patience et de complaisance. Cependant, elle avait tout au long de leurs échanges ce petit sourire qui le mettait mal à l'aise car il disait clairement qu'elle ne le croyait pas capable de réussir dans une carrière artistique. Ce sourire lui venait aux lèvres chaque fois que l'on abordait la question et chaque fois Pierre l'interprétait comme un déni évident de son talent. Mais peut-être s'est-il fourvoyé, peut-être sa lecture du fameux sourire était-elle erronée, comment savoir ?

Dans son journal, Giulietta n'évoque nulle part leurs discussions à propos du bel canto et de ses velléités d'embrasser la carrière de baryton. Il est vrai que ses frères et sœurs n'y sont pas mieux lotis : elle ne mentionne jamais leurs aspirations, leurs échecs ou leurs succès. Pourquoi ce silence ? Les projets de ses enfants, leur avenir professionnel lui étaient-ils à ce point indifférents ? S'en désintéressait-elle ou considérait-elle qu'il ne lui appartenait pas d'intervenir dans leurs choix ?

Quoi qu'il en soit, il est trop tard à présent, les jeux sont faits. Pierre a quarante-trois ans, il exécute des ordonnances et débite des remèdes à longueur de journée derrière le comptoir de son officine et il continuera ainsi jusqu'à l'âge de la retraite.

Le corps de Pierre est plein de notes retenues, sa gorge déborde des airs qu'il n'a jamais chantés. Si on le secouait, on déclencherait sans doute une incroyable cacophonie. Mais sa vie est vide et il a horreur du vide. Aussi s'arrange-t-il pour la meubler, la bourrer d'obligations qu'il se crée, d'occupations dérisoires mais qui ont le mérite de le divertir. Dîners en ville, sport, spectacles, expositions, séances avec la chorale le sollicitent sitôt qu'il sort de son officine : ne supportant pas de se retrouver vacant, cet homme-là n'a pas une minute à lui.

Depuis bientôt trois ans il tient chaque mercredi son rôle de vigile à La Villa. Au début, il estimait que cette tâche lui incombait tout comme à ses frères et sœurs, qu'elle relevait de son devoir filial. Mais les mercredis commencent à lui peser. Il sait que son dévouement a des limites et qu'il ne pourra jamais accorder une journée supplémentaire à Giulietta ainsi que l'a suggéré Julius. Fort heureusement, après avoir préconisé l'hospitalisation de leur mère, Marietta a fini par se ranger aux côtés de l'aîné. Comme lui, elle vient maintenant deux fois par semaine assurer la surveillance de la malade. Jolie virevolte de la sœurette, songe Pierre. D'une certaine manière, il s'en réjouit – on a pu renvoyer les infirmières indésirables – et préfère ignorer les motifs qui ont amené Marietta à changer de cap.

Mais il faut cesser avec ces ruminations qui ne mènent à rien : il est temps de servir son repas à Giulietta.

— Aujourd'hui, tu vas manger du poulet, maman. Tu aimes le poulet, n'est-ce pas ?

Pas de réponse. La vieille femme est occupée à entortiller ses mèches grises autour d'une serviette qui traînait sur la table. Or donc, lui retirer doucement ce chiffon d'une propreté douteuse et commencer à couper le poulet – Giulietta ne sait plus utiliser le couteau –, le lui faire enfourner morceau après morceau.

Le déjeuner de la malade dure maintenant deux bonnes heures car elle recrache chaque bouchée dans son assiette et l'examine longuement avant de la reprendre avec ses doigts pour se la remettre en bouche. Le spectacle n'est guère ragoûtant, Pierre en a l'estomac qui se soulève mais il s'exhorte au calme et à la patience.

D'ordinaire, après qu'elle a mangé, Giulietta aspire au repos et finit par s'assoupir dans son fauteuil. C'est un répit appréciable et très attendu par ceux dont elle met chaque jour les nerfs à rude épreuve. Mais aujourd'hui il semble qu'il n'y aura pas de répit : son dessert péniblement avalé, Giulietta s'est mise à éructer une bouillie de mots incompréhensibles et se montre très agitée. Pierre est trop las pour lui prêter attention, l'interroger, il espère encore que le sommeil ne va pas tarder à la terrasser, à la museler. Il se trompe, Giulietta semble prête à répéter l'horripilante antienne jusqu'à la fin des temps. Alors Pierre se rapproche, il tend l'oreille pour en saisir le sens. Elle dit :

— Je veux un chien. Je veux l'appeler Chocolat.

Giulietta veut un chien, elle qui n'a jamais aimé les bêtes. Il n'en croit pas ses oreilles et pourtant il a bien compris, elle vient de le répéter pour la cinquantième fois au moins : elle veut un chien.

Pierre est exaspéré, cette demande le prend de court, le déboussole, mais

Giulietta continue, elle répète obstinément ses deux phrases, seule une promesse pourrait faire cesser cet insupportable ressassement.

— C'est d'accord, maman, dit Pierre de guerre lasse. Demain, je t'apporterai un chien.

C'est fini. Elle sourit, elle se calme, bientôt elle s'endormira.

Pierre a promis dans l'urgence, sans réfléchir. Mais à présent, tout bien pesé, il pense que l'idée n'est pas si mauvaise : un animal de compagnie, quoi de mieux pour distraire une vieille femme condamnée à la réclusion ?

C'est décidé : il n'attendra même pas samedi pour consulter ses frères et sœurs, dès demain il ira acheter un chien et il l'offrira à sa mère comme il vient de s'y engager.

GIULIETTA

On me dispute parce que je veux manger seule… tenir ma cuiller… Je renverse tout… ça n'arrive jamais à ma bouche… Alors on me gronde… Ils veulent me nourrir comme un bébé… est-ce que je suis un bébé ?… Je n'ouvrirai plus la bouche… s'ils me forcent… je recracherai tout.

Le monsieur m'a apporté un petit chien… il est tout petit… tout joli… Je suis contente… je l'appelle Chocolat. Le monsieur dit que c'est une fille.. une chienne… il dit que Chocolat ne convient pas… parce qu'elle est rousse. Tu devrais l'appeler Cannelle… maman… ou Flamme. Non, monsieur… c'est moi qui choisis le nom… tant pis si elle est rousse… elle s'appelle Chocolat… et toi tu te tais… monsieur.

Chocolat dort dans mes bras… faut pas bouger… pas la réveiller. Je caresse mon chien… longtemps… longtemps. Quand elle se réveille… elle me lèche les mains.. la figure… ça me chatouille… ça me fait rire Chocolat m'aime beaucoup… moi aussi, je l'aime.

Chocolat a un collier vert une laisse rose… je la promène dans le salon… après, le monsieur ouvre la baie sur la terrasse… j'ai la permission de sortir avec Chocolat… je tiens bien la laisse… on se promène… on se pro mène… Chocolat est contente… moi aussi.

La nuit… Chocolat veut dormir dans mon lit… avec moi. La garde n'est pas d'accord… elle l'emmène. . Chocolat aboie .. moi je crie… je veux qu'on me rende mon chien. Chocolat mord la femme… tout le monde aboie et crie dans la chambre.

MARIETTA

Un chien à La Villa, il ne manquait plus que cela ! Comment Pierre a-t-il osé ? Comment a-t-il pu ?

Cette Chocolatine, ou quel que soit le nom qu'on lui donne, encore une riche idée du frérot… Sous prétexte que Giulietta réclamait un chien, il ne prend avis de personne, il court lui en acheter un et le tour est joué !

Sans doute Pierre était-il animé des meilleures intentions, il n'en reste pas moins qu'il vient de faire un bien méchant cadeau à ceux qui restent en charge de Giulietta. Car, maintenant, on ne peut plus la tenir, à tout moment elle demande à sortir sur la terrasse pour faire prendre l'air à sa Chocolatine, balader sa Chocolatine au bout de cette ridicule laisse rose…

Marietta est furieuse contre son frère qui, sans en mesurer les conséquences, a pris une pareille initiative. Il lui faut toutefois admettre que le chien occupe et distrait Giulietta du matin au soir, que sa compagnie semble bénéfique à la malade. Mais il est tout aussi certain que cette présence animale procure un surcroît de travail et des désagréments dont on se serait volontiers dispensé. Chocolatine est un chiot minuscule, une boule de poils roux, un de ces chiens de manchon que les mémères affectionnent et qu'elles tiennent serrés sur leur giron : un chien adorable, somme toute. Seulement, voilà, il s'oublie sans cesse sur le parquet et il faut nettoyer derrière lui, éponger des flaques de pipi et faire disparaître les témoignages plus conséquents du bon fonctionnement de son appareil digestif. Sans doute suffirait-il de le dresser un peu, de lui inculquer un minimum de "bonnes manières" mais Giulietta ne tolère pas qu'on s'en prenne à la petite bête. Sitôt que l'on prétend l'éloigner d'elle ou que l'on fait mine de la gronder, elle pousse des cris de harpie et il n'y a plus qu'à capituler.

Même à table, Giulietta ne consent pas à lâcher son chien. Elle le tient sur ses genoux et bien qu'elle soit désormais incapable de s'alimenter seule, elle prétend partager son déjeuner avec l'animal, le nourrir elle-même. Au-dessus de son assiette, c'est un chassé-croisé de mains et de pattes, Chocolatine jappe et s'empiffre, Giulietta exulte, toutes sortes de débris de nourriture atterrissent sur le sol et maculent la nappe, on ne sait plus qui mange quoi, mais il n'y a pas moyen d'intervenir : à la moindre tentative, la vieille femme se met à hurler.

Lorsque cette bacchanale s'achève, la pièce où sont servis les repas tient davantage de la bauge que de la salle à manger. Il reste alors à reconduire la malade jusqu'à son fauteuil dans le salon et à espérer qu'un sommeil providentiel assurera un répit d'une heure ou deux à l'infortuné(e) qui en a la garde.

Quant aux séances dans la salle de bains, elles seraient comiques si elles ne risquaient de tourner au drame à chaque instant. Giulietta exige en effet que sa Chocolatine soit baignée avec elle, elle refuse de s'en séparer, la tient plaquée contre sa poitrine, et il faut se livrer à une gymnastique insensée avant de parvenir à la déshabiller et à lui faire enjamber la baignoire. Il va sans dire que la petite chienne n'apprécie guère les plaisirs aquatiques : tout au long de l'opération de toilettage, elle se débat contre sa maîtresse, griffe ou mord au hasard, et la préposée à la corvée – aujourd'hui, Marietta – ressort de là trempée de la tête aux pieds. Un de ces soirs, Chocolatine et sa maîtresse échapperont aux bras qui les soutiennent et finiront par prendre le bouillon.

Marietta ne sait plus à quel saint se vouer, elle est à bout de nerfs, à bout de forces, à bout d'amour. Hier, elle a sollicité et obtenu un rendez-vous du médecin chargé de suivre l'évolution de Giulietta mais l'entretien a vite dégénéré en dialogue de sourds : cet imbécile ne voulait pas entendre les doléances de Marietta et ne lui a été d'aucun secours. Il s'est borné à applaudir l'arrivée de Chocolatine à La Villa et c'est tout juste s'il n'a pas décerné les palmes du mérite à Pierre, le responsable de cette si merveilleuse initiative. Selon lui, la compagnie du petit animal ne pouvait qu'être une bénédiction, une source de bienfaits pour la malade. Une bénédiction ! Une source de bienfaits ! Suffoquée d'indignation et de rage rentrée, Marietta a quitté son cabinet en claquant la porte

Il est trois heures de l'après-midi, Giulietta s'est endormie mais le chien, pelotonné sur ses genoux, veille : plus précisément, il surveille Marietta. Il ne la quitte pas des yeux, il semble se tenir sur ses gardes, il suit chacun de ses déplacements dans la pièce et grogne lorsque ses pas l'amènent à proximité du fauteuil où sommeille la vieille femme. C'est à croire qu'il la sent hostile et redoute quelque geste inconsidéré de sa part, ce en quoi il ne se trompe pas tout à fait. Marietta n'a rien contre la gent canine, et, au demeurant, rien en sa faveur non plus. Pourtant ce chien-là éveille en elle un instinct de violence – et pour tout dire des envies de meurtre – qu'elle ne se connaissait pas. La vérité est qu'elle balancerait bien cette maudite Chocolatine par-dessus la balustrade de la terrasse et, de la sorte, l'affaire serait réglée. Mais elle sait pertinemment que si elle passait à l'acte, son geste ne réglerait rien du tout, bien au contraire.

Découvrir en elle ces pulsions mauvaises augmente son malaise. Chocolatine, inquiète, sur la défensive, l'observe toujours.

Marietta vient de décider de s'asseoir : si elle cesse de s'agiter et se pose, le chien finira probablement par se désintéresser de ses agissements et par l'oublier. Posée, elle évite de porter ses regards vers le fauteuil. Cependant, elle ne peut écarter ce pressentiment qui explique peut-être son animosité envers l'animal. Ce chien, pense-t-elle, sera le détonateur de la catastrophe ultime. Et quel que soit le nom qu'elle lui donne – pressentiment, appréhension, noire prémonition –, que faire de cela qu'elle ne peut s'ôter de l'esprit ?

LES QUATRE

Ce soir, c'est Loretta qui accueille les rescapés de la fratrie à son domicile. Marietta est arrivée la première, les poings faits, très remontée contre Pierre. Elle l'a entrepris dès qu'il est entré dans la pièce, bien décidée à ne lui laisser aucune échappatoire.

Pierre ne tente nullement de se soustraire aux reproches de sa sœur ou de réfuter ses accusations, il est tout prêt à reconnaître sa faute, à s'en expliquer : il a cru bien faire, il ne s'est pas rendu compte, il est vraiment désolé de compliquer la tâche de ceux qui sont, jour après jour, en charge de Giulietta…

Cet acte de contrition pourrait durer, mais Julius estime que c'est assez. Il dit soudain :

— Ce qui est fait est fait. Et comme il est hors de question de retirer maintenant son chien à maman, il faudra nous en accommoder.

Ils sont d'accord, bien sûr. Même Marietta ne peut contester la pertinence de cette remarque.

Loretta a une petite mine chiffonnée, l'air d'une qui a passé une mauvaise journée et peut-être aussi une mauvaise nuit. Les trois autres s'en sont aperçus mais ils se gardent bien de l'interroger.

Les choses ont beaucoup changé chez les Padovani. Naguère, sitôt qu'un nuage assombrissait le beau visage de la petite, on s'alarmait, on l'entourait, on faisait corps pour le chasser et rendre à Loretta son sourire.

Aujourd'hui, on ne sait rien – puisque Loretta ne dit rien – et on ne tient pas à savoir. La charge qui pèse sur les épaules des présents est suffisamment lourde, chacun se protège et accepte ce qu'il découvre en lui : une certaine capacité d'égoïsme.

Chacun, en ces instants, pense bien sûr à la mère, à la mère et à son chien.

Alors qu'elle devrait les unir, cette pensée commune les sépare, les enferme dans leur silence.

Le silence est comme un hôte indésirable qui aurait réussi à se glisser entre eux, à prendre le pas sur eux, à corrompre le lien qui les unit, ils en ont parfaitement conscience.

Bientôt, cependant, la sonnerie du téléphone qui éclate dans la pièce voisine va les sortir de cette impasse, les délivrer de ce silence détestable. Loretta se lève et, sans se hâter outre mesure, se dirige vers l'appareil pour prendre la communication.

Lorsqu'elle revient, elle n'a plus la mine chiffonnée, c'est bien simple, elle n'a plus de visage : à la place, une surface plane, blanche où le sang a cessé de circuler.

Marietta se rue vers elle, la saisit aux épaules, la secoue :

— Qu'y a-t-il ? crie-t-elle. Dis-nous, qu'y a-t-il ?

Marietta pourrait aussi bien secouer le lampadaire ou la plante verte qui se trouve à proximité, elle obtiendrait le même résultat.

Julius et Pierre, à leur tour, se sont levés, se sont élancés vers les deux sœurs qu'ils enlacent, enferment comme une seule forme, une seule femme, entre leurs bras. Alors, peut-être Loretta perçoit-elle du fond de son égarement que le bloc fraternel vient de se reconstituer, peut-être cette étreinte lui rend-elle l'usage des mots, car elle dit :

— Maman a disparu.

Cela suffit pour les précipiter dehors. Ils s'engouffrent dans la voiture de

Pierre qui, aussitôt, prend la route de La Villa. Ils roulent à vive allure, dangereusement.

Au bout d'un moment, Julius dit :

— Ralentis, Pierre, s'il te plaît.

Marietta dit :

— Plus vite, Pierre, plus vite !

Loretta dit :

— Giulietta n'était pas dans son lit quand l'infirmière lui a apporté son verre de lait... L'infirmière ne l'a trouvée ni dans le salon, ni dans la cuisine, ni dans la salle à manger.... La baie sur la terrasse était ouverte.

Ces phrases dénuées de toute intonation résonnent étrangement dans l'habitacle de la voiture. Loretta vient de les servir aux autres comme autant d'incisions, de prélèvements, qu'elle aurait pratiqués dans sa mémoire immédiate : une restitution froide, un compte rendu clinique de ce qu'elle vient d'apprendre de la garde de nuit.

Après cela, Loretta ne dira plus rien.

Aucun des quatre ne dira plus rien jusqu'à La Villa.

CÉLÉBRATION DERNIÈRE

Il fait nuit noire aux abords de La Villa. Le système d'éclairage du jardin ne fonctionne plus depuis des mois, on a négligé sa remise en état. Ils auront à se le reprocher plus tard, ils se le reprocheront longtemps.

Il fait nuit noire mais le faisceau d'une torche électrique qui se déplace troue les ténèbres ici, puis là. Quelqu'un est dans le jardin obscur, qui cherche Giulietta.

— C'est l'infirmière, murmure Marietta.

C'est elle, en effet. Elle les a entendus arriver, elle leur crie :

— Le chien s'est échappé ! Madame a dû vouloir le rattraper…

Marietta, Pierre et Loretta se précipitent vers la maison où ils espèrent trouver des lampes électriques. Julius, lui, s'est dirigé vers la voix, vers cette lumière intermittente. Quelques mètres encore et il aborde l'infirmière à laquelle il ordonne de lui remettre la torche et de remonter vers la maison.

— Mais il faut appeler des secours, la police…, proteste-t-elle.

— Pas de secours, répond-il rudement. Pas de police. Je vais la retrouver.

Et, muni de la torche, il se détourne, s'enfonce dans le jardin merveilleux et chaotique de Giulietta. Il fouille l'ombre des arbres, il interroge chaque rocher, explore chaque taillis et ainsi, pas à pas, il descend vers la plage.

Ce n'est pas l'espoir qui le porte – il sait ce qu'il va trouver – mais un désir fou : c'est à lui qu'il revient de trouver Giulietta, de remonter son corps vers La Villa, à lui, l'aîné. C'est son privilège, les autres arriveront trop tard. Cette certitude le pousse et le guide, il sait même à présent où elle l'attend, il connaît le lieu exact de leur dernier rendez-vous : il n'a plus besoin de chercher.

Il a descendu nombre de marches, il a sauté de roche en roche, bientôt il atteindra la plage. Et elle est là soudain, dans le faisceau de sa lampe, pauvre pantin brisé, minuscule, devant l'immensité de la mer étale.

Il a braqué sa lumière sur le visage de son vieil amour, il lui a semblé qu'elle souriait. Elle souriait sans doute d'avoir réussi à leur fausser compagnie, elle le désirait tellement, elle répétait sans cesse qu'un jour elle s'enfuirait, les quitterait. Il a souri avec elle, pour elle ; le moment était venu de se réjouir, de saluer sa dernière victoire.

Il l'a enlevée dans ses bras, il est remonté à pas lents et précautionneux vers La Villa.

Il fait nuit noire, Giulietta ne pèse rien contre lui, elle qui pèse si lourd dans son cœur.

Les trois autres qui continuaient à balayer les ténèbres de leurs lampes ont vu arriver Julius avec son fardeau. Ils l'ont laissé passer, ils l'ont suivi en silence.

Là-haut, sur la terrasse, Pierre a tendu les bras et Julius y a déposé la mère. Puis Marietta a fait la même demande muette, le même geste, et elle a reçu le corps si léger de Giulietta. Enfin, Loretta l'a accueillie à son tour dans le berceau de ses bras. Puis elle a rendu le corps de la reine morte à l'aîné, à Julius.

Réfugiée à l'angle opposé de la terrasse, l'infirmière contemplait cette scène étrange, assistait à cette ultime célébration de la reine nue.

Avignon, 15 juin-19 août 2002.

TABLE

BABEL

Extrait du catalogue

721. PERCIVAL EVERETT
Effacement

722. CARINE FERNANDEZ
La Servante abyssine

723. ARNAULD PONTIER
La Fête impériale

724. INGEBORG BACHMANN
Trois sentiers vers le lac

725. CLAUDIE GALLAY
Seule Venise

726. METIN ARDITI
Victoria-Hall

727. HENRY BAUCHAU
L'Enfant bleu

728. JEAN-LUC OUTERS
La Compagnie des eaux

729. JAMAL MAHJOUB
La Navigation du faiseur de pluie

730. ANNE BRAGANCE
Une valse noire

731. LYONEL TROUILLOT
Bicentenaire

732. INTERNATIONALE DE L'IMAGINAIRE N° 21
Cette langue qu'on appelle le français

733. ALAIN LORNE
Le Petit Gaulliste

734. LAURENT GAUDÉ
Le Soleil des Scorta

735. JEAN-MICHEL RIBES
Musée haut, musée bas

736. JEAN-MICHEL RIBES
Multilogues *suivi de* Dieu le veut

737. FRANÇOIS DEVENNE
Trois rêves au mont Mérou

738. MURIEL CERF
Le Verrou

739. NINA BERBEROVA
Les Derniers et les Premiers

740. ANNA ENQUIST
Les Porteurs de glace

741. ANNE-MARIE GARAT
Nous nous connaissons déjà

742. JEAN DEBERNARD
Simples soldats *précédé de* Feuille de route

743. WILLIAM T. VOLLMANN
La Famille royale

744. TIM PARKS
Cara Massimina

745. RUSSELL BANKS
Histoire de réussir

746. ALBERTO MANGUEL
Journal d'un lecteur

747. RONALD WRIGHT
La Sagaie d'Henderson

748. YU HUA
Le Vendeur de sang

749. JEAN-PIERRE GATTÉGNO
Longtemps, je me suis couché de
bonne heure

750. STEFANO BENNI
Saltatempo

751. PAUL BENJAMIN
Fausse balle

752. RAYMOND JEAN
L'Attachée

753. PAUL AUSTER
Lulu on the Bridge

754. CLAIRE FOURIER
Métro Ciel *suivi de* Vague conjugale

755. ANNE BRUNSWIC
Bienvenue en Palestine

756. COLLECTIF
Brèves d'auteurs

757. CLAUDE PUJADE-RENAUD
Chers disparus

758. LAURENT SAGALOVITSCH
Loin de quoi ?

759. PHILIPPE DE LA GENARDIÈRE
Simples mortels

760. AUGUST STRINDBERG
Mariés !

761. PASCAL MORIN
Les Amants américains

762. HONORÉ DE BALZAC
Voyage de Paris à Java

763. IMRE KERTÉSZ
Le Refus

764. CHI LI
Tu es une rivière

765. ANDREÏ GUELASSIMOV
La Soif

766. JEAN BARBE
Comment devenir un monstre
(à paraître)

767. PER OLOV ENQUIST
Le Départ des musiciens

768. JOYCE CAROL OATES
Premier amour

769. CATHERINE DAVID
La Beauté du geste

770. HELLA S. HAASSE
Un long week-end dans les Ardennes

771. NAGUIB MAHFOUZ
Les Mille et Une Nuits

772. GHASSAN KANAFANI
Retour à Haïfa
(à paraître)

773. AKIRA YOSHIMURA
La Jeune Fille suppliciée sur une étagère

774. SIRI HUSTVEDT
Yonder

775. SELMA LAGERLÖF
Le Violon du fou

776. VLADIMIR POZNER
Les Brumes de San Francisco

777. NIKOLAÏ GOGOL
Théâtre complet

778. ALAN DUFF
Les Ames brisées

779. SIA FIGIEL
La Petite Fille dans le cercle de la lune

780. RUSSELL BANKS
American Darling

781. ALBERT SÁNCHEZ PIÑOL
La Peau froide

782. CÉLINE CURIOL
Voix sans issue

783. AKI SHIMAZAKI
Hamaguri

784. ALEXANDRE GRIBOÏÉDOV
Du malheur d'avoir de l'esprit

785. PAUL AUSTER
Brooklyn Follies

786. REZVANI
L'Eclipse

787. PIERRETTE FLEUTIAUX
Les Amants imparfaits

788. CHRISTIAN GOUDINEAU
L'Enquête de Lucius Valérius Priscus

789. EDUARDO BERTI
Madame Wakefield

790. NIKOLAÏ GOGOL
Les Nouvelles de Saint-Pétersbourg

COÉDITION ACTES SUD – LEMÉAC

Ouvrage réalisé
par l'Atelier graphique Actes Sud.

Cet ouvrage a été imprimé en France
par CPI Bussière
à Saint-Amand-Montrond (Cher)
en mars 2009
sur papier fabriqué à partir de bois provenant
de forêts gérées durablement (www.fsc.org)
pour le compte
d'ACTES SUD
Le Méjan
Place Nina-Berberova
13200 Arles.

Dépôt légal
1re édition : mars 2007
N° impr. 090934/1